沐川

掌管鬼界生死之鬼王。
性格冷酷無情，
對無關之人毫不留情。
於神魔大戰中受重創，雙目失明，
自此暫時退位休養，
邊療傷邊尋找大戰中同樣受創的戀
管理之責則交予弟弟沐音。

年紀：三千歲

「奉勸各位凡人不要重生，都去穿越吧！」

重生君

掌管凡人重生之神君。
賭性十分，賭運零分，
號稱神界第一灑錢君。
於神魔大戰時遭鬼王沐川打成重傷，
醒來後把老闆（上神）看成怪物，
打了他一巴掌，
被發配到天庭邊境的茅草屋去住。

年紀：三千七百歲

GOBOOKS
& SITAK
GROUP©

GOBOOKS
& SITAK
GROUP©

三日月書版

三日月書版

重生君的忙碌日常
一
一枚銅錢 著
麻先みち 繪
三日月書版

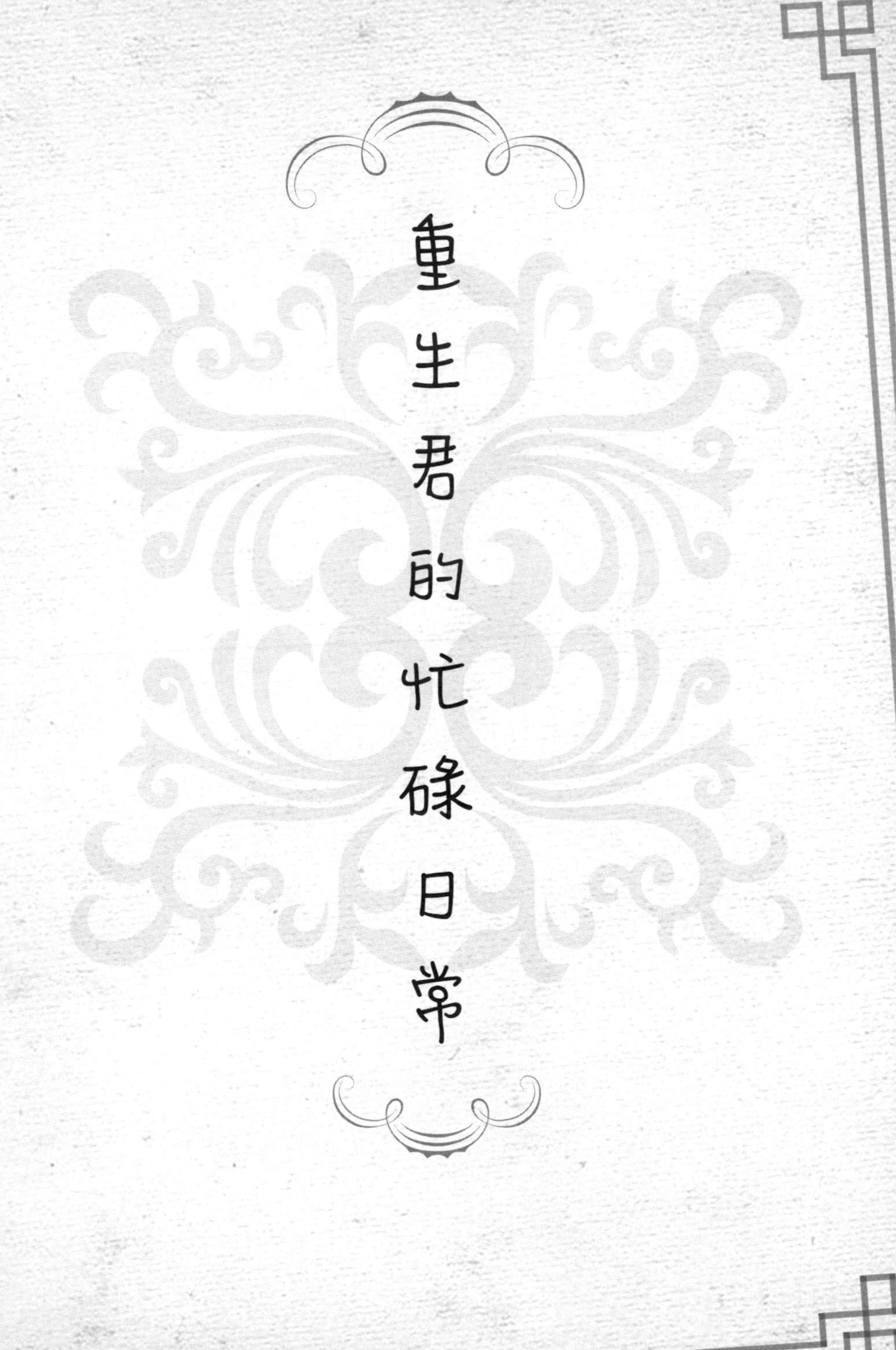
重生君的忙碌日常

第一章　我是重生君

「宿宿，宿宿。」

縹緲遙遠的聲音穿過雲層，我抬頭看去，沒看見那名喚我的男子，也沒再聽見他虛無的聲音。

我正想去天穹看個究竟，卻被一道破吼聲震碎了滿目幻境。

「重生君，重生君！」

門被敲得咚咚作響，我睜開眼，伸了個長長的懶腰，直到聽見外面喊「再不出來就扣妳俸祿」時，我才一骨碌地跳下床，把門打開了。

見到那張木頭臉，我連忙露出笑臉，「喲，任務君啊。」

任務君冷哼一聲，將手上的冊子和玉牌遞給我道：「重生君的午覺睡得真沉啊。這是新任務，速去速回。」

一聽到有任務，我趕緊正色回道：「我定會出色地完成任務。」

任務君聽到我恭恭敬敬地回覆後，臉色稍霽了些，轉身去交付其他神君任務。

目送他離開後，我大大地鬆了口氣。

五年前，人間正盛行穿越時，一眾神君都將忙得焦頭爛額的穿越君當作茶餘飯後的笑談，每次見到他穿紅戴綠地去執行任務時，我們都會邊打麻將邊向他揮手，打趣道：「穿越君，又去執行任務啊。」

過了兩年，換種田君開始忙了，每天都得奔波於各種市井鄉村中。看起來沒有穿越君所碰見的恢弘大氣，但是誰說農家生活樂無涯？五穀雜糧，家長裡短，三姑六婆等等，總有一個會讓你無語望蒼天。

那時看著他們日夜操勞，我還覺得這種日子離我甚遠，結果某天醒來，才發現自己也加入他們的行列了。

宮門要重生，宅門要重生，混個江湖重生，連菜市場賣菜的大嬸也要重生，重生個頭啊！

我已經兩年沒和周公好好下棋了，無數次想像著自己的法力能對自己見效，然後我就能從重生君這個職務中解脫了！

咳咳，只可惜，這個想像從沒成真過……

我搖搖頭，鎖好家門，準備前往凡間執行任務。

途經翠竹林，本想躲開那些悠哉打牌的神君，便聽見穿越君喝了一聲：「胡了！」

嘖，從他興奮的聲音就能知道，肯定又贏了不少。我手癢得不行，堅決目不斜視，筆直地往前走去。

也不知道是哪個眼尖的瞅見了我，大老遠就喊道：「喲，重生君，妳又要去執行任務啊，真羨慕妳呢。」

羨慕個頭啦，要不要我跟你換職位啊？

賦閒已久的末日君道：「看來今年神界的活力榜狀元，又該是重生君的了。」

種田君搖頭道：「非也非也，農婦君和宮鬥君的出勤率也極高哦。」

「還有總裁君也是，年年都是熱門人選呢，看來今年要有一場惡鬥了。」

一堆說風涼話的混蛋！我甩袖而去，穿過翠竹林，跳進通天入口去執行任務。

第二章　棄妃重生

北陸皇宮是北陸皇帝居住的地方，好吧，這是廢話，也不是重點。重點是我的新任務——幫一位棄妃重生。

神界有專門傳達三界資訊的人，重生、穿越、宮鬥什麼的都歸他們管理。只要凡人誠心誠意、發自肺腑地請求，就會變成我們的任務。不管對方是否值得重生，都要盡力而為。

大多時候我只要稍施法力，讓他們重生就可以了，不過流程上必須和他們相處七天，才能執行重生。

看熟了任務君交給我的手冊，過了通天路口，很容易就找到了要去的地方。人還在半空，便看到氣勢恢宏的皇宮，在烈日下金碧輝煌，閃得我眼睛都睜不開來。

輕身飄進冷宮中，化作一名長相平凡的小宮女，往裡頭走去。

我去過的皇宮不少，卻是第一次來冷宮。一般會被關進來的，不是先皇妃嬪，就是當今皇帝瘋傻的妃子。我聳了聳肩，能將那麼大的意念傳達到神界，總不可能是個瘋子。

完成這個任務後，我得好好回翠竹林和那幫混蛋賭一賭，把錢全贏回來。

輕步走進屋裡，便見一名著水藍色衣裙的年輕女子坐在窗前，雙手交疊伏在桌上，下巴枕在上頭，幽幽地看著外面。

那名女子雖稱不上傾國傾城，但模樣很是水靈清秀，看起來相當順眼。

回想了一下手冊中對那位棄妃的描述，再對照眼前女子，確認她就是卿妃後，我邁步走了過去，「娘娘，奴婢是嬤嬤派來伺候您的。」

卿妃未抬眼眸，淺淺地應了聲嗯。

然後……我就在旁邊呆站了兩個時辰。

人間有人間的規矩，既然化身成宮女，就得遵守規矩。主子沒開口，我就只能站著。

臨近傍晚，門外傳來聲響，一位老嬤嬤走了進來，「主子，該是用晚膳的時辰了。」

她的眼睛剛瞥向我，我就朝她呼了口氣，老嬤嬤神色恍惚了一下，大聲說道：「小花，還不給娘娘端飯菜進來！」

好吧，這個臨時取的名字是俗了點，不過比貓貓狗狗的好聽多了。

人還沒跑到御膳房，就聞到數十種濃郁的食物香氣撲鼻而來。我深吸了幾口，人間果然是個好地方啊，可惡，等熄了燈後我也要來偷吃點。

進了御膳房，便見裡頭忙而有序，廚子做菜，宮女整理膳食。按照手冊上所說，冷宮的膳食得等到最後，基本上與宮女同時。

一旁配膳的宮女見我半天沒動，大致猜到我是哪裡來的了，冷冷一笑，「哎喲，卿妃又換新宮女了？」

話一落，四周眾人的眼神鋪天蓋地而來……

我心想，我長得已經夠平凡的了，能不能不要這麼圍觀我啊？「我該回去了，不然嬤嬤可要罵我了。」

「哪有嬤嬤會閒到為冷宮的主子罵人呢。」宮女們失聲笑了起來，「妳叫什麼？」

「小花。」

「名字賤氣點好，叫小草更好。」

妳才叫小草，妳名字才賤氣，哼。我壓抑著想翻白眼的衝動，笑道：「小花得回去了。」

「喂，」宮女們拉住我，一臉莫測地道，「別說我們沒提醒妳啊，在妳來之前，卿妃身邊已經死了五個宮女了，個個都死得很慘。有謠言傳卿妃是妖怪，小心妳也被吃了！」

吃妳個頭，本神君可不是白活了三千七百年。我佯裝害怕，哆嗦答道：「謝謝姐姐們。」

喊比自己小幾千歲的後輩姐姐，被神界的人知道了，恐怕又要笑我臉皮厚了。

我聳聳肩，邊拿著食盒，邊翻看手冊，裡頭除了皇宮地形、職位、眾人資料，倒沒提及卿妃身邊宮女的事。

回到冷宮，那卿妃還坐在窗前，怔怔地看著外頭。我放好了飯菜，順著她的視線看去，餘暉仍在，晚霞滿天，倒也沒什麼特別之處，「娘娘，該用膳了。」

卿妃緩緩起身，走到桌前，輕聲道：「小花。」

「奴婢在。」

卿妃兀自一笑，隱約帶了點淒涼，「皇宮並不好，能出去的話，還是儘早離開吧。」

我看她一眼，清淺的笑意，跟這宮裡的渾濁格格不入。手冊上說，三年前皇帝出巡，將平民身分的她帶入宮，後來不受寵愛，又得罪了皇后，便被遣送冷宮。這番話，恐怕也是她內心所想吧。

平淡無奇地過了一天。

卿妃是個很好伺候的主子，比我過去接觸的妃嬪和善太多了。我探手看了看掌心的數值，她要重生的信念未減反增，看來六天後任務應該能順利完成。

冷宮燈火微弱，宮女也沒幾個，一過子時後外頭便靜謐不已，聽著耳邊傳來的呼吸聲，我翻來覆去睡不著。

平時一天沒兩個時辰可睡，久了就成習慣了，乾脆脫離虛體，跳下木床，打算在宮裡

逛逛。在任務之餘，眾神君也會在街上找尋美味、品味人間，畢竟平時是不能隨意下凡走動的。

皇宮仍是燈火明亮，除了來回巡視的侍衛，沒幾個宮人走動。我慢悠悠地欣賞著夜裡景致，耳畔傳來一聲嘆息。

這聲嘆息很輕，隱約帶著壓抑。我從牆上探頭進去，只見一名俊朗青年，上好的錦緞，淺紫衣裳的邊緣繡著整齊的花紋。我走到他面前，湊近看了看，原來是皇帝風清。

半夜不睡，總不會是憂愁所致吧？我順著他的眸子往下看，那有力的指骨握著一塊通透的玉珮，就這麼看著。

「主上。」

我抬頭看去，一個高大的人影站在外面。

「進來。」風清反手將玉珮收回，冷漠地看著進來的人。

那名高大漢子悄聲走進，關上木門，在風清面前行了禮。

風清淡然道：「不必拘禮，事情辦得如何？」

「已經部署妥當，七日後三位王爺和兩位將軍將前來會合。」

風清聽言，眉頭蹙得更緊了，「但願一切順利。」

「主上請不必擔憂，臣等誓死追隨。」

風清揮了揮手，「出去吧。」

我來回看了看他們的臉色，心裡暗自一笑，風清自幼登基，大權都在皇叔手上，現已屆弱冠之年，奪回皇權也是遲早的事。能在做任務時碰上這麼好玩的事，著實令我歡喜。

不過七日後，也是卿妃重生之時。

卿妃想回到她和風清相遇之時，錯開那次相遇，兩人便此生不見。那樣也好，即使風清真的做了皇帝，廣納妃嬪，卿妃仍會在冷宮中度過餘生。

有些緣分，是不適合繼續下去的，就像我和那個人……

回到虛體後，我坐起身來，腰就咯吱一聲。「哎呀，腰好痠啊。」

住在同一間房的宮女抿嘴笑道：「小花，妳入宮前肯定是個嬌嫩的小姐。」

都幾千歲了還被說成小姐，幸虧我臉皮厚，就這麼應了下來。

洗漱後，我揉著腰去卿妃房裡，伺候她晨起。

卿妃像個不會動彈的玉人站著，任由我穿衣繫帶。衣裳雖素，但人如清婉的玉，穿上也比其他華服美人好看。

「小花。」卿妃忽然開口，聲音悅耳如鈴，「妳說，世間有沒有輪迴？人死後，會不會過奈何橋？」

我不動聲色地幫她繫上腰帶，回道：「我想有吧，娘娘。」我又飛快看了她一眼，這麼問，果真是對人間無所依戀了？「不過我不相信喝孟婆湯就能忘記前世的事。」

卿妃面色一黯，「那豈非很痛苦？」

「也許吧。」我笑了笑，看向卿妃，「娘娘怎麼突然說起這個？」

卿妃不著痕跡地避開了我的眼神，淡然道：「好奇罷了。」

我瞥見她手腕處和脖間都有幾道傷痕，看來她厭倦塵世不是一、兩天的事了，難道她很早開始就想自殺了？為什麼一直都沒成功？

離七日之限越來越近，夜裡跑去御書房聽得多了，對風清的計畫越來越瞭解。讓心腹去遊說手握兵權的王爺將軍，約定時日一起進皇城拿下反賊。計畫聽著容易，但宮裡的侍衛基本上都是他皇叔的，只怕那些援軍剛到城門口，風清就會被殺了。

觀者不語，我身為旁人，自然不能理會。

「最近卿兒如何？」

聽完那漢子說的事，我正欲飄走，突然聽見風清口中冒出卿妃的名字，驟然停下腳步。

那漢子回道：「最近臣與各將軍聯繫，少去冷宮。」

風清臉色微變，「你未去，可有讓人看著？」

漢子忙應聲道：「有的，君上請放心。」他略帶疑惑地問，「若主上仍關心娘娘，為何……不將她接回宮中？冷宮那裡，實在太過冷清。」

風清劍眉微動，一雙含著滄桑的眸子已經閉上，「若我這麼做了，沐皇后怕是會立刻告訴皇叔，說我待她涼薄。」他驀地冷笑一聲，「皇叔可把他的遠房侄女疼進心坎了。」

漢子聞言，點點頭後退下了。

我坐在一旁，托腮看著他疲倦的雙目。這麼說，他對卿妃仍是有情嗎？而卿妃屢次自殺都不能成功，也是因為風清派人阻擾？這兩人，到底糾結了什麼關係在裡頭？

我忽然對卿妃尋死的原因感興趣了，虐戀情深什麼的，太有愛了！

重生這個工作其實很無聊，上神為了讓凡人有充分考慮的時間，便制定了七天相伴計畫。雖然明顯增加了我的工作量，不過老闆的話是聖旨，說七天就得七天。

現在已經是第五天，我伺候卿妃晨起時，又看到她手腕上的新傷，心頭一驚，趕緊下了道兒，以免她在任務結束前死去。

我故作驚訝地捧起她的手，顫聲道：「娘娘，您這是？」

卿妃抽回手，淡淡道：「昨天夜裡起來，不小心被劍刮到了。」

我咦了一聲，「娘娘怎會把劍放在身旁？」

「我的爹爹是個厲害的劍客。」卿妃說著說著，音色也柔和下來，眼中淺含笑意，「兒時我一直想仗劍天涯，獨自一人闖蕩江湖。小花妳可知道，我曾和三哥替一對老夫妻趕跑過山賊，當時山賊有五個人，都是光著膀子的大漢。」

我出神地看著她，原來她笑起來，竟是那樣傾城。

等等，怎麼冒出個三哥來？

銀鈴般的笑聲漸漸變成哽咽聲時，我才回過神，上前攙扶她，「娘娘……」

卿妃搖搖頭，「沒事，只是想起以前的事罷了。」

我問道：「娘娘是想出宮嗎？」

「想。」她毫不掩飾，「如果有來生，我定然不會再入這深宮，也不會再見那人……

可惜一切都太晚了。」

「那人，指的可是主上？」

卿妃木然地點點頭，「最好此生都不要再見到他。」

我心裡默嘆一氣，身為神君，知道事情曲折的我，卻不能言語半分。千百年來憋了那麼多祕密，我竟沒有滿頭白髮，真是個奇蹟。

「他是個禽獸。」

我意外地看著她，這兩字聽來，分外刺耳。雖然風清將她打入冷宮，卻也不見其他宮女怠慢她，想必眾人都覺得她還有返回正宮的機會。風清甚至還讓暗衛看著她，這也足以判斷他對她的情分未斷，卿妃不可能感受不到啊。我暗自蹙眉，莫非這裡頭還有我不知道的事？

帶著困惑，又帶著探究，我將那本手冊翻了又翻，仍然未解。

第六日，依舊是風和日麗。

我坐在屋頂上看向遠處，皇宮內祥和一片，嗅不到半點暴風雨來臨前的危險氣息。越是如此，我就越是期待，只可惜沒有在兵變前知道卿妃的過往。

晚上替卿妃更衣沐浴，看著她背上的幾道舊傷，我擦拭的動作也輕了下來，「娘娘，奴婢能問您一件事嗎？」

卿妃伏在木桶寬大的邊緣上，應了一聲。

「您背上的傷，是鞭傷嗎？」

「嗯。」

「這傷痕該是這兩年落下的吧，您是主上的妃子，誰敢傷您？」

卿妃默了良久，氤氳的水氣蒸得她臉頰紅潤，添了一分嬌媚，聲音卻冷得很：「這是因風清而落下的傷。」

我手上一頓，有內情，果然夠虐心，我喜歡！只可惜卿妃沒再說下去，只讓我伺候她穿衣服。

「小花，妳為什麼要進皇宮？」

我低眸答道：「家境貧寒，上有八十歲祖母，下有三歲胞弟，進宮多拿幾兩月錢好養家。」

卿妃輕笑一聲，「皇宮凶險，一不小心就會丟了命。」

我陪著她笑了笑，心口突然一悶，差點喘不上氣。卿妃的聲音還縈繞在耳，忽遠忽近，「知人知面不知心。小花，來生讓天上的神君賜妳一對慧眼吧。」

可惡，妳對我的凡體做了什麼？我踉蹌一步，手撐在桌上，勉力站著。

卿妃仍然笑得輕輕淺淺，「妳中了毒，必死無疑的毒。」

「卿妃又換宮女啦。」

「已經死了五個。」

「卿妃會吃人。」

那天宮女們對我說的話浮現腦海，我驀地明白過來，「在我進來之前的五個宮女，都是妳毒死的？」

「對。」

我咬牙道：「為什麼要這麼做？」

卿妃幽幽地道：「我想死，可是風清那禽獸總是不讓我死！我才想說，若是一直殺人，恐怕沐皇后也不會坐視不理吧，那我就能逼他親口下令殺了我。」

我感覺到這具凡體快撐不住了，只是現在還不到第七天，無論如何都要撐下去！「娘娘，妳不愛主上嗎？」

「我愛的人已死在風清手中。他擄我進宮，什麼江湖，什麼漂泊天涯，都化作浮雲。」

卿妃疲軟地坐下，毫不在乎我的死活，「他說他喜歡我，那我便死給他看，讓他一世不安。與其殺了他，不如讓他活著比死還痛苦。皇權之爭很辛苦，連我這旁人也看得出來，他活得實在痛苦。」

話說到最後，卿妃失聲笑了起來，兩行清淚緩緩流下。

「噗！」濃黑的血從口中噴濺而出，我的手已無力扶住桌緣，跌坐在木凳上，大口呼氣盯著她，「妳殺死那些宮女，難道良心不會受到譴責？」

「會啊。」卿妃又淺笑起來，「所以我每天都在等他殺了我。」

我的天啊，如果明天風清奪權成功了，妳殺再多人他都不會要妳的命了。

宮內打更聲響起時，我默念咒術，從凡體脫離，再晚一步，神體也會損傷，這幾千年的老骨頭，經不起這麼折騰。

卿妃俯身蓋了一張素色的帕子在小花臉上，嘆息道：「對不起，妳的命，我很快就會賠給妳了。」

我飄在一旁冷笑道：「恐怕妳賠不了了。」

卿妃愕然，四下看去，顫聲道：「誰？」

我慢慢現出真身，模樣神態全變，坐在浮雲上打了個哈欠，倦懶地看著她：「我是神界的重生君，妳所祈求的重生意念，神界已受理。現在將為妳進行時空轉換，回到過去。」

卿妃驚慌片刻，便撲身過來，幾乎要貼到我臉上，「真的可以回去？任何時間，任何地點？」

我暗自發笑，只有一心求死、生無可戀的人，才會連鬼神都不怕吧。「妳說吧，別浪費本神君的時間。」

卿妃立刻說道：「讓我回到三年前，我不會再去那個茶館，那十天，我都不會出門。」

我點點頭，手剛覆上她的額頭，她似乎想起了什麼，又問：「我若回去了，命運全都會改變嗎？」

我頓了頓，收回手，「妳問的是妳三哥嗎？」

「是！」

我淡淡道：「他是否是因妳而死？風清擄妳進宮，才殺了他？」

卿妃神色黯然，思緒又回到過往，「不是的。當年我爹爹過世後，三哥家中收養了我，後來三哥家觸怒了朝廷，滿門抄斬。風清為我換了身分，進了宮，封了妃嬪。」

我清冷著聲道：「妳記恨風清下令抄斬陸家，所以要風清痛苦一世？」

可笑可笑，她定然知道風清無實權，那抄斬陸家的人，未必是他下令的。況且風清是君王，後宮無數，她這一死，又能在他心頭上停留多長時間？世俗的女子，當真以為能用死折磨男人一世嗎？

不過這些都不是我關心的，我只要完成自己的任務就好。「妳三哥不是因妳而死，即便妳的命運變了，他的也不會。」

卿妃不可置信地抓住我的手腕，卑微地乞求著：「神君，求求妳將我三哥重生，我願以我的性命去換。只要他能活過來，即便是要我下地獄，我也無悔！」

我無奈地看著她道：「本神君只負責妳的重生之事，妳現在只有兩個選擇，一，回到過去；二，放棄這個權利，以後生死，與我概不相關。」

卿妃聽言，忽然發起氣來，怒指著我厲聲道：「殘忍！禽獸！這種重生有什麼意義？我只要我三哥活著，既然他不能活，我還回去做什麼！」

我臉頰抽了抽，這也不是我能控制的事啊。「那妳的意思是要放棄？」

若是能憑一己之力改變周圍所有人的命途，這個天下，怕是要大亂了。能掌控自己的命運尚且不易，偏偏還這麼多要求。我心想，放棄更好，我可以省下許多事，回神界打牌。

「我……」她話還未說完，外面便傳來一陣吵鬧。

我飄出窗外，瞇眼看向遠方，皇宮大門已被突破，成千上萬的軍隊闖入宮中。

看來風清的援軍，終於到了，我得快點讓卿妃選擇，然後去看戲。

可等我回到屋內，卻已經不見她的蹤影。

討厭的卿妃，待會我要飛踢妳三十次！

我氣沖沖地在宮內尋找她，拐過廊道，便看到了一身紫色長袍的風清，手上的寶劍正滴著血，身上、臉上也都有血跡，看樣子是經歷了一場惡戰。往他旁邊看去，那漢子急匆匆地道：「主上，宮女稟報沐皇后往冷宮去了，但是此時她已知宮內大亂，不應是往外逃生嗎？」

「那個瘋女人想殺卿兒已久，大勢已去，她定然不會甘心，恐怕是死，她也要拉上卿兒。我說過不用將卿兒寢宮的暗衛調出，你倒是敢抗命。」風清的氣息雖平緩，語氣卻很嚴厲。

漢子臉色鐵青，卻未反駁。在他心裡，皇帝的命可比卿妃重多了，宮裡本就人力不足，調遣過來也無可厚非。

突然，院落之外傳來刺耳叫聲，我只當是普通宮女的慘叫，風清臉色一變，「是沐皇后。」他匆匆調頭，往另一條廊道疾奔而去。

我也乘著浮雲，緊隨其後。

廊道盡頭，是另一座小院。此時的院中，鮮血浸染地面，月光照來，添了一種血腥的詭祕。我瞳孔微縮，看著倒在地上的人，是卿妃；再看那執劍之人，華服在身，雖然髮髻凌亂，目光微滯，卻不能掩飾身上散發的雍容大氣，想必她就是沐皇后吧。

「賤人！」

風清喝了一聲，上前幾步，欲要殺她。

那漢子趕緊伸手攔住他，真切道：「主上不可現在殺她，不然難服天下。」

風清眼眸泛紅，幾近滲血。沐皇后淒慘一笑，「風清，你殺了我吧，反正如今的我對你而言，已無任何利用價值。五叔兵敗，你奪了權，也容不得我了吧？兔死狗烹，可笑的是我竟然信你是真心待我，助你除我五叔。原來不管在何處，我都只是顆棋子罷了。」

我在一旁嘖嘖幾聲，看著沐皇后哀怨的神色，怕是風清對她甜言蜜語了不少，讓本是五皇叔派來監視風清的沐皇后，叛變為他效命。

可惜啊，繁華、相守都只是一場夢。

風清將劍狠狠擲在她腳邊，冷著嗓音道：「我讓妳死的體面些，自行了斷吧！」

說完便不再理會她，俯身將滿身是血的卿妃抱起，寬大有力的手捂住她流血的心口。

「妳不會有事的。」

「我……不想見你……」卿妃氣若游絲，明眸在四處游移著。

我飄進她視線可及之處，問道：「妳要選一，還是選二？」

匡噹一聲，劍起劍落，沐皇后已自刎而死。

同樣是鮮血滿身，卿妃有人相擁，沐皇后卻到死也換不來風清的一絲憐憫。這種冷血無情之人，果然適合做帝王。

卿妃想掙脫他的手，卻已無力，「我……要讓你後悔一輩子，以我的死……來折磨你一世。」

風清眼裡泛著苦澀，喑啞道：「我與妳三哥交情甚好，迫於皇叔逼迫，只能下令將他斬首。他臨死前將妳託付給了我，我本想放妳走，但私心一起，便把妳帶回了宮中。我每日看著他贈予我的玉珮，又想到妳如今的處境，越發不安。我知妳恨我，但是在奪回皇權前，我不能對妳說這些。沒想到……」

如果我手中有杯茶，一定會被我連茶帶杯一起握碎，原來他日日對著的玉珮，竟是個男人送的！我渾身狠狠哆嗦了下，那眼神也太曖昧了吧？

卿妃淒涼一笑，有如雪山綻放的千年紅蓮，豔絕而奪目，讓人不忍直視，「你若不救我，我便可以和三哥一起共赴黃泉，喝那孟婆湯，過那奈何橋，往生去了。」

話說得斷斷續續，所剩的時間也不多了，我可不能讓她在做出決定之前死掉，「要重生，還是投胎？」

卿妃看向天穹，眼眸明亮了起來，彷彿看到什麼美好的東西。

我嘆了口氣，怕是又想起往事了吧？「是要回到過去嗎？我替妳施法。」

「投胎。」

「妳要放棄？」我撓了撓耳朵，「本神君得向妳解釋，如果妳選擇放棄，那什麼都不會改變，妳現在所受的傷足以喪命。」

「我要放棄。」卿妃的雙眼已然闔上，聲音輕細得幾乎讓人聽不清，「我怕我再不去找三哥，就跟不上他的腳步，下一世也找不到他了。」

心頭猛地一顫，我驚訝地看著她。

該說她愚蠢，還是該說她狠心？她若活了，知道風清對她的感情，兩人從頭來過，未必沒有可能。活生生的人，卻比不過已死的人，待她的好，也如同虛無，我只能替風清惋惜，這緣分終究無法完好。

「如妳所願。」我落下一聲嘆息，掌中的任務玉牌飛升在空中，指尖左右一劃，藍光在上頭劃了一個交叉，任務完成。

「卿兒！」

風清嘶啞一吼，卿妃已無氣息，香消玉殞。

我坐在浮雲上，看著他更加滄桑的臉龐，心頭極不舒服。大小任務執行了數千次，這種壓抑的心情，倒是頭一次。

風清已是北陸手握實權的君主，三日後，冊封功勞最大的將軍之女為后，天下盡顯祥和之態。

腥風血雨後，竟能恢復得如此之快，連我也不得不承認他將會是個有為的君王。

風清不會再拿玉珮出來看了，只是每日的某個時辰裡，會站在皇宮的高塔上，往大門方向看去。那神色，正如當日的卿妃。

得不到的，總是最好的吧。無法重回的平凡生活，也總是讓人牽掛。

我感慨著，回神界回報任務。

浮雲飄到通天路口，正要進去，就見一抹黑影飄來。我連正眼也沒瞅他，「喲，勾魂君也忙完了啊。」

那黑衣男子正是神界千年不得閒、萬年總忙碌的勾魂君，字面意思，哪裡有人要死了，他就過去助他一臂之力，早早捉了魂魄走。

勾魂淡淡道：「如果妳能讓卿妃重生，我的任務倒也輕鬆些。」

重生和勾魂息息相關，我的雇主若選了死亡，那勾魂就多了一份工作。如果我的雇主選了重生，那他便清閒了。

因為這種原因，我看勾魂相當不順眼，見面不是冷言冷語就是橫眉豎眼，而且我素來喜歡著白衣，他卻總是一身黑，其他神君見了我們，總要嘲笑道：「欸，閻羅殿的黑白無常又跑神界來了。」

可惡，要是讓我逮到機會，我不戳死你們才怪！

不過，千百年來都沒逮到機會，所以他們依然這麼戲言，換個冷笑話有這麼難嗎？

我出現的地方，必定要先探明勾魂在不在，即使不小心遇上了他，我也是立刻掉頭就跑。

事實上，明明是他負我在先，我卻總是先躲著他。

見他要進通天路口，我攔身在前，「我先回去交任務，你晚半個時辰去。」

然後……他繞過我，搶先進了通天口……

可惡！就不能讓我瀟灑地離開一回嗎？

第三章　名劍重生

「胡了！」完成任務一身輕鬆，又領了俸祿，手氣正好，我對著眼前三位神君招招手，「快拿錢出來。」

三位神君不情不願地丟了幾根金條過來，我忙攬了過來，還哼起小曲。

「老天保佑妳待會就去做任務。」江湖君噘著嘴咕噥道。

我哈哈笑著，「我昨天剛交了任務，怎麼可能這麼快又找上我。」

「二筒。」農婦君打出一張牌，「話可不能這麼說，想當年穿越君忙的時候，一天就睡一個時辰，光是穿越到四哥、八爺身邊的人，都可以繞凡間兩圈了。」

我嬉笑道：「總會冷淡下來的，末日君不是一過完 2012 就一身輕鬆了嘛。」

末日君哼了一聲，「太閒了可不好，比如現在。」

「哎喲，不就是贏了你一半的俸祿嘛。」

「不就？一半？」末日君怒了，翠竹林頓時地動山搖。

糟糕，真讓天上末日了還得了，牌品不要這麼差嘛。

「諸位神君早安。」

看到來人，我們四人的臉色都變了，相覷一眼，紛紛恍然說道：「哎呀，家裡還有點事，散了吧散了吧。」

任務君冷哼道：「江湖君。」

我們三人大喜，又坐下身來，低聲念道：「三缺一，我們找網遊君吧，最近遊戲世界的事少，那傢伙該很清閒。」

江湖君一臉怨念地盯著我們，我們選擇無視……

任務君丟給他手冊的同時，也丟了一本給我，「不是江湖糾紛嗎？怎麼我也要去？」

任務君點點頭，正色道：「因為有把劍要重生，我們受理了。」

「哦。」我點頭，又一頓，「任務對象是誰？」

任務君板著臉道：「一把劍。」

等等，一定是我沒睡醒，連一把劍也要重生，以後是不是石頭、木頭都要找上我，這日子還有完沒完！

我惱怒地道：「不接！」

任務君也沒生氣，只是默默地說：「俸祿、全勤獎金、年終獎金……」

算你狠，我接！聽見背後憋笑的聲音，我拿上金條，瞪了他們一眼，「等本姑娘回來，定要把你們的俸祿贏光！」

「重生姑娘、江湖公子慢走，我等著你們回來。」

口。

我憤憤地拿了任務牌，走到路口，看著一臉幸災樂禍的江湖君，一腳把他踹進通天路口。

這次我的任務，是要幫一把名為「追昔」的劍重生，想要靠近那把劍，就得先接近它的主人——墨君輕。

根據手冊上的資料，墨君輕年少一劍成名，不喜酒，不近女色，沒有至交，沒有親人，視名利為糞土的年輕劍客。

我頓時苦了臉，這得怎麼接近他？扮作丫鬟？他不缺；色誘他？他不近女色；功名利誘？他不愛；化做寶劍？他有了。

最恨這種無欲無求的人了！我憤怒地把手冊一扔，姑娘我就不信國色天香的女子也入不了你的法眼，除非你性無能！

打定主意，搖身一變，化葉為衣，化水為綢，妖嬈紅衣，濃妝豔抹，往水中一照，一位傾城傾國的女子渾然而成。嘖嘖，連我自己看著都要心動了。

煙花三月下揚州，此時正是人間發情……咳，不對，是人間春意盎然時。夜幕一至，河畔兩旁燈籠點亮，映照的河水也泛著一圈圈緋色。好幾條河船乘風而過，船上鶯燕之聲不絕於耳。

我拿著剛溫好的酒，款款穿過船上寬大的廊道，走到船頭，蹲身在一名年輕的白衣劍客身旁，柔聲道：「公子，為何一人坐在此處，讓奴家陪您吧。」

噗，受不了了，快拿個桶子讓本姑娘吐一吐。

白衣劍客緩緩偏轉身，嘖，墨君輕當真是個美男子，長至腰間的黑髮用白色綢緞鬆鬆綰起一半，明亮的眼眸中透著一股冷漠氣息，白皙的膚色將俊挺的五官襯得更加分明。偏偏他轉過頭，還帶著淺笑，聲音如風拂葉，「我一個人即可，姑娘請回。」

嘖嘖，我都柔情似水成這樣了你還不動心，眼裡竟沒有半絲情欲。我含著笑，轉了話題：「公子身上有劍，一看便知是江湖上的才俊，小女子也想習武呢。」

墨君輕微笑道：「姑娘過了及笄之年吧？已經不適合習武了。」

我眉眼抽了抽，這話直白一點，就是說大嬸妳已經一把年紀了，不適合動刀動槍，所以別再纏著我說武功了。

我盯了他半晌，咬牙問道：「公子，你是不是性無能？」

墨君輕挑了挑眉眼，狹長的眼眸浮起笑，手已經攬在我腰間，往前俯身，輕聲吐氣：「妳成功了，今晚我要妳。」

「公子。」我正色盯著他，「其實我只是對你的劍感興趣。」

墨君輕一聽，果然鬆了手，面上掛著笑，聲音悠遠：「又是覬覦追昔的人啊。」他繼續道，「妳知不知道追昔很危險？一個不會武功的人帶著它，恐怕連這船都下不去。妳長得如此美豔，若早早死了，實在可惜。」

原來你看得出本姑娘好不好看啊？那為什麼一臉看茅草的眼神呢？我心裡置氣，說道：「我不是要這劍，只是想跟在它身邊七天，七天就好。」

墨君輕眼神越發困惑，「為什麼？」

我想了片刻，說道：「因為好奇。」

墨君輕失聲笑了笑，「妳這麼說，我倒對妳更好奇了。」

我不語，睜大了眼看他，墨君輕的眼睛深邃如浩瀚星河，不焦不躁，看久了倒覺得寧神靜氣。我收回眼神，這傢伙連眼也不眨一下，瞬得我眼睛都疼了。我揉著眼，又瞥向追昔劍，想伸手去碰。

「別動它。」墨君輕攔住我，輕斥道，「追昔是把有靈性的劍，不為它所承認之人，會被它的劍氣所傷。」

這點我當然知道，但是以它一百多年的修為，再怎麼厲害，也傷不了我。我悠悠地看著他，微挑柳眉道：「我說我能拔出它，你信不信？」

墨君輕也笑了笑，「每個沒碰過它的人，都會這麼說。」

我眨了眨眼，問道：「那麼說，你能完全駕馭它？心靈相通？」

墨君輕的眼眸一垂，睫毛微閃：「或許是。」

「墨君輕，讓我做你的侍劍婢女吧。」老天，快點讓我勾搭上他，不然我就得強行把他的劍收走了。

「不收。」

「為什麼？」

墨君輕坦誠道：「因為我發現妳是個有趣的人。」

我不解道：「既然有趣，為什麼不留在身邊？況且我只是留七天，並不是覬覦你的劍。」最後我又認真地添了一句，「更不是貪圖你的美色。」

墨君輕朗聲笑了笑，惹得河流兩岸的人紛紛看來，他卻毫不在意，「自從我得了追昔，每日找我切磋、暗算我的人不下十個。我也曾收過婢女，但是命都不太長。雖然我不清楚妳的意圖是什麼，但我不想害妳應了『紅顏薄命』這句話，還是快走吧。」

跟不懂情趣的人打交道就是費勁，我已經懶得動唇舌了，我決定用最快也最省事的方法，直接把他的劍搶走。

見我似乎放棄了，墨君輕的臉色也溫和下來，看著我站起身道：「這是青樓河船，妳若是家境貧寒進了青樓，我可以贖妳出來。」

我笑了笑，「然後就把我撇在一邊？我沒有謀生的技能，你讓我去哪？」見他蹙眉，似在沉思，倒讓我不好意思再打趣他，「放心吧，我只是看你在，上來玩玩。既然你不收我，那我走了。」

哼，今晚等你睡著了就去搶追昔！

趁著船停靠在岸，我輕步離船，回頭看去，墨君輕還朝著這裡看，我立刻露出自認為絕美的笑容，作戲作全套嘛。

「噗哧。」

哪裡傳來這麼欠揍的笑聲，我偏頭看去，「是江湖啊。」

江湖君此時也是翩翩俊美青年一枚，青衣裹身，貼合得很。

「你怎麼會在這裡？」

江湖君長髮一甩，拂在輕風中，緩緩道：「哪裡有江湖，哪裡就有我。」

我一掌拍了過去，「不要耍帥！」

江湖君滿臉委屈，「重生，難怪妳老大不小了也沒人娶！」他又轉向旁人，憤憤道，「是吧，勾魂。」

什麼，勾魂也來了？我忙問道：「這裡有人要死了嗎？」

勾魂往河船的方向看去，定睛在墨君輕身上。

此時墨君輕還在往這邊看來，我罵了勾魂一聲，現在我們三人都是凡體，人家看得見好嗎？我拐到他旁邊，伸手把他雙眼蒙住，扯著他到暗處，無奈道：「你勾你的魂，不要壞了我的任務。」

勾魂靜靜看著我，問道：「妳的任務是什麼？」

「我……」我躲開他的眼神，收了話，「哼，不告訴你。」

我重新走了出去，那煙花船上已亂作一團，墨君輕白衣飄揚，像隻輕飛的蝴蝶，上前圍困的黑衣人紛紛飛落河中。

人長得好看，連打起架來也好看。

我正欣賞著，江湖君在一旁說道：「墨君輕好像快撐不住了。」

撲通，白衣如輕絮般落入水中，墨君輕……跳水了？

高手，你拿錯劇本了啦！

被墨君輕嚇了一跳的我，忙順著河流去找，就算只有他的屍首，追昔劍還在就成。不過等我找到他時，勾魂沒跟來，黑白無常也沒出現，伸手一探他的鼻息，還活著，天命未盡。

不過崖谷了無人煙，連間破茅屋也沒有，我只能趁他未醒，用眨眼的功夫蓋了個竹屋。將人搬進屋裡解開他已經破裂的衣裳，舊傷觸目驚心，新傷也是交錯在身。

江湖君出現時，我總算替他包紮好了。「怎麼樣，不錯吧，看來我可以去做個神醫了。」

江湖君吐槽道：「神棍吧。」

我瞪著他凶神惡煞地道：「再說一次看看？」

江湖君隨即轉移話題，「這些傷口雖重，但不是致命的，他這樣子分明是中毒了。」

我恍然大悟道：「對耶，難怪他的嘴唇是紫色的。」看到江湖君鄙視的眼神，我立刻乾咳兩聲，「那江湖你能救他嗎？」

江湖傲然道：「當然了，什麼絕世神醫千年毒王，在我看來，都是雕蟲小技。」

我瞇了瞇眼，「那他的毒怎麼解？」

「簡單，找到傷口，把毒吸出來。」

我了然，拍了拍他的肩膀：「拜託你了。」

江湖抗議道：「萬一在屁股上怎麼辦？」

我思索片刻，沉吟道：「那你就想想還好不是在前面。」

不顧江湖君哀怨的眼神，我轉身走了出去，乖乖在外頭採果子，以免看到不雅畫面。

過了一個時辰，我回到竹屋前，裡頭無聲無息，也嗅不到江湖君的氣息。屋裡漆黑一片，才剛走近兩步，脖子上一道寒意襲來，「誰？」

「我……」我是誰啊？名字都還沒想到呢！

我唾棄了自己一口，這種臺詞一出口，死了活該。正想報上大名，劍已經離了脖子。

「公子醒得真快呀。」我將果子放在桌上，點了油燈，屋裡亮了起來。雖然昏黃，但至少能看見對方，「這些我都洗過了，吃吧。」

興許是真的餓了，墨君輕拿過一個果子便吃了起來，雖然快，但並不狼狽。

我坐在對面看著他吃，一臉笑意，「喂，是我救了你，你是不是該報答我？」

墨君輕淡淡道：「妳想要什麼？」

「讓我做你的侍劍婢女。」

他驀地笑了笑，「妳費了這麼大的勁救我，只為了做個奴婢？」

「錯了。」我一口打斷他，「不是奴婢，而且我只待七天。」

我剛才腦子一定是進水了，為什麼不在他昏迷時拿走追昔劍呢？似乎覺得不太對勁，我抬頭看他，「你該不會以為那些追殺你的人是我派的吧？」

墨君輕沒有答話，答案已經很明瞭。

我白了他一眼，「那你告訴我，我的目的是什麼，動機是什麼？就算我真想殺你，也是為了追昔而殺。但現在你活得好好的，追昔也還在，不就能證明我的清白了嗎？」

墨君輕無法反駁，雖然我的出現很突兀也很奇怪，但我說的都是實話，他定然不能把我和追殺的事串聯起來。

他沉默了良久，才輕聲道：「謝謝姑娘的救命之恩，但我還是不能帶上妳。今天妳也見到了，跟著我，或許哪一天，妳也會死於非命。」

我倒是好奇起來，「既然你知道他們都是衝著追昔而來，為什麼還死守著它？天下名劍不少，為什麼獨獨鍾愛追昔？」

「因為我無法駕馭它。」墨君輕撫著追昔散著寒意的劍身，漠然道，「它至今仍沒有選擇我成為真正的劍主。」

我抿著嘴，這就是身為劍客的執著與悲哀啊。「你們劍客呀，總是對自己、對自己的劍分外苛求。」

墨君輕點點頭，「的確。」末了他又問道，「妳真的要留下來？」

「七天，就七天。」

高手，快點頭吧，不然你連跟劍相處七天的機會都沒有了。

墨君輕輕嘆一聲，「好，我答應妳。」

我也鬆了口氣，又看向桌上的追昔劍，寒氣逼人，一看就是個硬骨頭，明天再跟它好好聊聊。

黎明來臨，聽見隔壁屋子有聲響，我起了身，見墨君輕正提著劍往外走，我主動道：「早啊。」

墨君輕微微點了點頭，「早。」又說道，「有點餓，想出去尋些東西吃。」

我了然，看著他白衣滲出的血跡，說道：「我去吧，很快回來。」

「有勞姑娘了。」

真是名謙謙君子，我心裡誇讚著他，往山中跑去。採摘果子簡單得很，不過我要是這麼快就回去，大概又得被他懷疑我的身分了。磨蹭了半個時辰，才慢悠悠地走回崖底。

不過屋裡已經沒人了。

我上當了！被一個凡人騙了！

最近的雇主都是混蛋！我啪嚓一聲捏碎了手中果子，再見墨君輕，猶如此果！

我一邊尋他，一邊揣測著，難怪他答應我做侍劍婢女，也不問我家世名字，那分明就是不信我。想到他剛才有些意外的神情，恐怕是打算偷偷摸摸溜走，沒想到我卻醒過來了。

安逸的日子過久了，連這幾點都沒察覺到，我真是笨到家了。

等找到他時，他正坐在茶棚裡，點了幾顆饅頭和一盤肉。我沒好氣地走了進去，一屁股坐在他對面，死命盯著他。

墨君輕見了我，意外萬分，片刻又恢復了正常，喚小二添了一對碗筷，推到我面前，「餓了吧，吃點東西再罵。」

我哭笑不得，看來在江湖行走的人，臉皮一定要厚。我跟他一起吃著飯，還喝了兩杯小酒，酒足飯飽後，正要開口，腦袋一暈，啪地倒在桌上。

我……中迷魂藥了……真想掐死他……

凡體無法動彈，只能眼睜睜看著墨君輕付了錢，頭也不回地走了。

可恨，這個男人怎麼這麼難追！我頓時心酸無比。

再次找到墨君輕時，他又跟別人廝殺成一片了。我饒有興趣地坐在一旁，看他一一解決那些人。

墨君輕現在見了我，已經不會再有吃驚的表情了。

「別再跟著我。」

「我只是路過。」

跟無賴說話，只能比他更無賴，這是真理。

墨君輕也不出聲，走進一間客棧中，淡然坐下，叫了飯菜茶水。

又來這招。

我直勾勾地看著他，這次打死我也不吃一點東西，虧他在我目光炯炯地注視下還能神色自若地吃飯，臉皮得多厚才行啊。

等他快吃完了，又叫來店小二，點了四、五道菜。

我忍不住問道：「你不怕撐死嗎？」

「不怕。」

等店小二上了菜，墨君輕忽然起身，抱拳朝我一拜：「謝謝姑娘為在下接風洗塵，在下告辭。」

哈？我腦子還沒轉過來，就見他腳下生風，跑了……

墨君輕，你死定了！

見我要衝出去，店小二一臉緊張地看著我，就差沒找根繩子把我綁起來，「姑娘，一共是十八兩銀子，請妳……欸，姑娘，妳去哪啊，先把帳結了吧。」

我怒了，「姑奶奶沒帶錢！而且，你哪隻眼睛看到是我吃的？找那混蛋要去！」

店小二臉都黑了，往後使了個眼色，「來啊，把這吃白食的抓起來，丟萬花樓去！」

一口血卡在喉嚨裡，差點沒噎死我。原來不僅在神界要帶錢防身，連人間也要，可惜等我明白這個道理時，已經太遲了，偏偏我還不能還手。

我現在滿腦子只有三個念頭：一，掐死墨君輕；二，捏死墨君輕；三，戳死墨君輕！

入夜後，我沿路尋著墨君輕的氣息，幻化神體飄入客棧。

此時他正躺在床上，已然睡下。不太均勻的呼吸響在耳畔，看來傷還沒好。追這傢伙用了我三天的時間，我已經沒了耐性，決定今晚就把追昔偷走。

我剛走到床沿，便有一個稚嫩的聲音傳入耳內：「神君。」

我愣了一下，尋聲看去，只見一縷白光從被窩中飄了出來，一個孩童浮在半空中，垂了垂眸子，「神君為何一直緊跟我家主人，還要侍奉我？」

「原來是追昔啊。」沒想到這劍的靈氣足以化作人形了，「我是神界的重生君，你所祈求的重生意念，神界已經受理，七日後將為你進行時空轉換，回到過去。」

追昔嘆息一聲：「如此甚好，送我回到鐵匠鋪，讓我成為一柄普通的劍吧。」

我提醒道：「如果只是普通的劍，你很可能會在對戰中死去，無法成神。其實以你現在的形態，再修行幾十年，也可以在神界做一個小神。」

追昔笑了笑，再也沒有孩童的神態，「無妨，七日後送我回去吧，謝謝神君。」

我了然，又說道：「按照神界流程，我需要待在你身邊七日，但因你家主人阻攔，我只能現在就帶你離開。」

追昔蹙眉道：「如果我不在他身邊，他恐怕更難存活下去。雖然他不算是我真正的主人，但是相伴十載，也不能說一點情義都沒有。」

我糊塗了，「難道他不是因為你才受到這麼多人的追擊？」

追昔搖頭道：「事情確實因我而起，要置他於死地的人，是墨家弟子。當年我被墨家祖先拾取，供奉在祠堂中，後來墨君輕將我偷出，從此過上了逃亡十年的命途。他不讓妳跟隨，正是因為與他走太近的人，總是難逃一死。」

我頓時明白，難怪手冊上說他什麼都不喜歡，原來只是不敢喜歡。「他為什麼要偷走你？」

追昔一默，良久才悽苦一笑，「或許是想向世人證明自己擁有至高無上的力量吧。我侍奉過的十七位主人中，有十三個都是從別人那裡搶走我的。」

他嘆息一聲，我也隨著嘆氣，沒想到墨君輕也是貪心之人，為了一己私利，將族人棄之不顧，面對追兵，也毫不手軟。

追昔又道：「求神君讓我待在這裡七天，留在他身邊。即使沒有主僕之緣，也請讓我報答知遇之恩。」

「不是我不讓你留，是他不讓我留，我可不能壞了規矩。」不然我這個月的俸祿就要被扣了，觸犯天條要罰四十根金條的，想想都心痛。

追昔細想片刻，說道：「神君的凡人之身呢？」

「在呢，你不會是想讓我變成普通人任墨君輕宰割吧？大半夜的他還以為我是來偷你的。」我托著下巴想了想，「沒錯，我就是來偷你的。」

追昔欠了欠身，「神君如果現在變回凡體，我有辦法讓他留下妳。」

「別。」我忙擺手，「我還是直接帶你走省事。」

我怕再待久一點，真的會動手掐死他。

「這個法子，他一定會留下妳的。」

我嘴角抽了抽，看著他一臉堅定的表情，退了一步：「好，要是他再不開竅，我一定得把你帶走。」

「嗯，請神君先變成凡體吧。」

我默念了咒術，恢復成剛才的模樣。墨君輕倒是靈敏得很，只是一陣輕風，他就驚醒過來，往旁邊放劍的地方摸去。

然後我發現追昔劍竟然跑到我手上來了，還未出聲，脖子已被扼住，全身順著力道摔落在床上，渾身骨頭咯吱一聲，握劍的手……脫臼了。

我用完好的左手拚命打他，脖子都快被掐斷了。喂，反了吧，要掐死他的不是我嗎，怎麼角色調轉了？

「救……命……」

手上力氣驀地一鬆，墨君輕帶著試探的聲音：「姑娘？」

「姑娘你大爺！」我啞著嗓在黑暗中朝他吼了一聲，「墨君輕，你去死去死！」

壓制在上的身體猛地彈開了，我又吼道：「追昔你去死去死！」

句句發自肺腑，如有半句謊言天打雷劈啊！

屋裡太黑，根本看不到彼此的神色，不過這麼一叫，恐怕墨君輕也愣了半晌。「那個……我不知道是妳，我以為是江湖中人，妳怎麼跑到我房裡來了？」

我一掌拍開他的手：「偷追昔啊！」

那頭苦笑，我耳畔又飄來一個聲音：「神君，別罵了，還是哭吧。」

什麼？哭？這就是你所說的主意嗎？算了，事到如今，不就是掉幾滴眼淚嘛。找準位置，撲倒在他懷裡，嚎啕大哭道：「墨君輕，你怎麼忍心這麼對我？我從山谷追到茶棚，又從茶棚追到客棧，我身上一分錢都沒了，你還處處算計我，你的心是不是石頭做的？」

說到沒錢時，我竟然真的心酸起來，眼淚啪啦啪啦往下掉。我現在的模樣一定很難看，趁著屋裡什麼都看不清，難看就難看吧。

墨君輕默然不語，放開了我，「我先幫妳療傷吧。」

對的，我右手脫臼中……然後眼淚掉得更厲害了，這回是真的。

屋裡的燈剛點亮，墨君輕拿著藥過來，將折成方塊的毛巾給我，「咬著。」

我張嘴咬住，隨後便見他握住我的右手，一扯，一推，一揉……然後我就痛得暈過去了。

凡人的身體啊，我再一次感嘆。

我本以為墨君輕又會走，但是這一次，終於沒有了。

他用被子把我蓋得嚴實，收拾好東西便出去了。不久後，他放了一身衣服在床頭，還打了一盆水進來。

天明時，我也起了身，洗漱穿好衣服，推門出去，就見他站在房門前，眺望著遠方橙色初陽。

他轉過身，上下看了我一眼，點頭道：「好看。」

我瞇著眼問：「你不走了？」

「走，帶妳一起。」

「說話算話啊。」木頭終於開竅了，感謝上神大人。

「嗯。」墨君輕遲疑剎那，又道，「昨天夜裡，妳抱著追昔，沒有不適感？」

當然不會有，因為我是神，還是幫它重生的神嘛。「沒有。」

墨君輕遞劍過來，「再試試。」

我接了過來，握住劍柄，將劍抽出一半，寒光懾人，難怪是聞名江湖的名劍。

墨君輕眸子微頓，臉上漾開淺淡的笑意，「妳是我出生以來，第一個不被它所傷的人，我還不知道妳的名字……」

我轉了轉眼眸，正色：「小憐。」看在名字的分上別再折磨我了。

墨君輕聽後，笑了笑：「妳的人和妳的名字一樣。」

咦，怎麼感覺語調有些變了？好吧，大約是最近被他坑太多，我都有點神經過敏了。

墨君輕沉默良久，才緩緩說道：「追殺我的那些人，並不是普通人。」

八卦！我聚精會神，準備聽他的血淚史。

墨君輕長嘆一聲，又看向遠處，「我生在墨家，追昔雖然也在墨家，但莊裡沒人能駕馭它，便供奉在祠堂，等待能拿起它的人出現。後來，我大哥在弱冠之年成為了追昔的新主人，但可惜他也不是真正的主人，因此走火入魔，死了。而我立志要駕馭它，即使不能，也要找到能完全操控它的人。」

我微微挑眉：「你這麼說，是打算帶我回墨家？」

「小憐。」墨君輕轉過身，握住我的雙肩，凝神看我，「妳跟我回去，我傳授妳墨家劍法，以後墨家主母的位置，也是妳的。」

我眨了眨眼，「你不是說我過了及笄之年，不適合練武了嗎？」

「那只是當時的推託之詞。」

「可是我只待七天，七天之後不好玩了，我便會消失在這世上。」我倒是很認真跟他說這些話，只是對方倒比我想像的更認真。

「七天後妳若想走，我不攔妳。」墨君輕嘆息道，「十年，我逃了整整十年，終於找到了妳，妳是走是留，都是宿命。」

我嘆了口氣，一個黑影鑽入視線內，往下瞥去，果然是勾魂。那傢伙又往這上頭看來，我狠狠瞪了他一眼，抬頭對墨君輕說：「我跟你回去。」

我要去墨家的消息迅速在神界傳開，當晚江湖君便跑來聽八卦了。

「我腦子沒進水，別這麼看我。」我推開江湖君湊近的臉道，「我的任務已經開啟了，七天後我就回去。」

江湖點點頭，摸著光潔的下巴道：「我這邊也快結束了，等妳一起回去吧。」

我瞥了瞥他旁邊，「勾魂呢？」

「在屋頂賞月。」

我蹙眉，「那傢伙到底要勾誰的魂？」

「這簡單，妳看看附近誰要死不活的就知道了。」江湖又嫌棄我道，「妳直接問他不就行了嘛。」

「不要，我要跟他保持距離。」

「友情提醒啊，但凡大世家都有不可告人的祕密，墨家不是個好去處。」

我笑了笑，「我就是要看看他要幹嘛，任務之餘添點樂趣，不是很好玩嗎？」

江湖搖頭嘆道：「妳總有一天會玩出火來。」他又往床上看了看，「妳平時睡覺……該不會也是這個睡姿吧。」

我看了一眼，活像隻章魚，連忙擋在他面前，惡狠狠地道：「不許對外人說，不然我剁了你。」

「原來妳真是這麼睡的啊？」

「……」

把江湖踢出客棧後，我又飄進墨君輕的房裡，似乎是聽見了動靜，追昔也冒出頭，「神君。」

「噓。」我伏在床沿上，把它推了回去，「我要看美男，你別出來。」

「……」追昔一聽，乖乖地回劍裡去了。

墨君輕果然是個粉雕玉琢的人，英挺的五官看幾遍都不會膩，只可惜神仙薄情，很難動情。幸好如此，否則一個個任務做下來，總會遇到幾個心儀的人吧。

只是墨君輕不同，讓人憐惜到喜歡，他的眼睛，實在跟我記憶中的某個人很像。我探頭在他眼皮上落下一吻，心滿意足地鑽了出去。

剛出房間，就見勾魂站在那裡，冷冷地看著我。「對凡人動真情，是觸犯天條的。」

我冷笑一聲，「我就是貪圖他的美色而已，況且我已經跟你沒關係了，勾魂君您未免也管得太寬。」

如果說每個人心上都有一根刺，那勾魂就是我的那根刺了。

人前我們黑白不兩立，人後卻扎得我渾身痛，就算過了一千年，不對，哪怕是一萬年，也消磨不去。

我走回自己的房裡，俯身回凡體，捲著被子睡下了。聽著外面的聲響遠去，才睜開眼，看著屋內的漆黑發愣。

墨家並不如我想像中的透著肅殺之氣，自踏進這道大門開始，每個人都對我極為友善，讓我有種受寵若驚的感覺。

墨君輕執著我的手，從前院穿過，一直到那座大堂。

大堂的椅子擺放得非常整齊，肉眼看去沒有一點灰塵，乾淨得發亮。抬頭一看，一個毛筆揮就的「忍」字映在眼裡。到了這裡，我才發現氣氛有些變了，變得如我在車上想的那般，死一般的寂靜。

墨君輕的手心滲出細汗，看向他時，臉也是繃得極緊。按照他的話來說，他已經十年沒有進這個家門了，偷走了劍又回來，換作是我，一定也緊張得要死。

墨家家主出來時，墨君輕簡直快把我的手給握斷了，疼得我臉色發白。

一個婦人見我如此，立刻和善地笑道：「姑娘不必緊張。」

緊張的分明是墨君輕！

據悉，家主只有五十歲左右，但臉上的風霜和白髮，卻像個花甲老人。雖然說起話來嘹亮如鐘，仍有掩飾不住的滄桑，「你終於回來了。」

話一出，墨君輕身體微微震了一下，我狐疑地看著他，這種見面的反應，實在很奇怪。

墨君輕點點頭，「嗯。」他又看向我，「這是我爹爹和二娘。」

我了然，難怪那婦人無驚無喜的，原來是後媽。我欠了欠身，「見過墨門主、墨夫人。」

墨夫人笑道：「真是個乖巧的女娃兒，樣貌也討人喜歡。」

簡略地說了這幾年的事，便是接風洗塵的晚宴，吃得我一頭霧水。現在的感覺，就像墨君輕只是出去玩了一下，然後帶了媳婦兒回來，接著就打算敲鑼打鼓成親了。

大世家就是大世家，為人處事的方法也別有新意。那些派去殺墨君輕反被他殺的人，難道就此帶過，什麼都不算了？也不提？

「怎麼了，小憐？」

我回過神來，看著他笑了笑，「沒什麼。」

墨君輕不笨，或許他早就知道我在想什麼了，說道：「妳是不是在困惑我爹娘的反應？」

既然他主動說起，我也不客氣地點點頭。

墨君輕道：「妳若在我們家待久了，便會習慣。自從大哥死後，二娘無所出，我便成了墨家唯一的繼承人。我出逃，他們便是寧可殺了我，也不願讓血脈流落外頭。但是現在我回來，他們又能像待我像自家人那般。」

我心頭微微顫了顫，「他們完全不會想起這十年來，給你帶來過什麼傷害嗎？」

墨君輕默然，忽然停了下來，將我擁進懷中，聲音極低：「不會，這個家就是如此。如果不是大哥死了，我的命更不值錢。」

我低低應了他一聲，也伸手抱住他。雖然我猜不透他心裡在想什麼，但是此時他的聲音，沒有一點謊音在裡頭。至少這句話，我是相信他的。

回了房裡，熄燈躺在床上，我變幻出神體，跟在墨君輕後頭。

「神君。」追昔從他的手上飄飛出來，跟在我一旁，「妳果然早就察覺不對了嗎？」

我點點頭，又敲了敲他的腦袋，「你是不是跟墨君輕一起騙我？」

追昔搖搖頭，「我跟他並沒有心意相通，大多時候，我都不知道他在想什麼。」

「那跟我一起去看個究竟吧。」我掐指算了算，說道，「還有三天，就到七天之約了，你有沒有改變要重生的念頭？」

「沒有。」追昔淡然笑道，「如果神界的人都像神君這麼有趣，我倒是想在人間修行三十年，去神界做個小神。」

我微微斂了笑，「也有些神君心似寒冰的。」

話說完，我便朝廊外的院子看了一眼，勾魂頎長的身形在地上映出一道長長的影子，孤寂而傲然得讓人難以接近。

見他往這邊看來，我收回視線，才發現墨君輕又回到了大堂。墨家家主負手站著，看著那個忍字，直到聽見聲響，才緩緩回過身。

這時我才覺得他像個家主，不怒自威，還未開口，讓人膽怯的煞氣便迎面而來。

墨君輕開口道：「她已經睡下了。」

墨家家主點點頭，「祭典在兩天後的子時。」

墨君輕有些意外，「這麼快？」

話一落，一道銳利的視線射來，墨家家主沉聲道：「你不是一直在等這天嗎？你還想再多逃個十年？」

墨君輕眸子一黯，「原來您也知道孩兒在外面流浪了十年？」

我在一旁聽得越發有趣，敢情這十年不是墨君輕在逃，而是墨家家主不讓他回來？讓十四歲的少年一人漂泊在江湖，這做爹的倒真是狠心，我大概明白了為什麼墨君輕的眼眸總是一副神傷的樣子。

「你背負家族的使命，完成不了，一世不歸也無妨。」

墨君輕未語，良久才道：「孩兒明白。」末了又道，「小憐的骨血，未必……真的能毀掉追昔。」

我一震，追昔也一驚，我們兩人相覷一眼，驀地有了苦意。

我不是笨蛋，早就猜到墨君輕不可能單純地帶我回來見見長輩，只是我沒想到，竟會是這個答案。

墨家家主沉重地道：「用駕馭追昔者的骨血和追昔一同投入熔爐中，追昔便能徹底毀滅。好幾位道士都這麼說，絕不可能有錯。」他又厲聲道，「我也不允許有錯！」

我默然地看著墨家家主，是什麼讓他下定決心要毀了追昔這把曠世名劍？按照墨君輕的說法，十年前，他的大哥因追昔而死，或許正是如此，才讓他想摧毀追昔？

我對墨君輕的謊言早有準備，只是看向追昔時，發現他眼神漠然，第一次見他的那種清澈，已經消失了，更多的，是疲倦。

我伸手撫著他的頭，「別難過，誰沒遇見過人渣呢。」

「……」

好吧，我錯了，別用這麼委屈的眼神看著我啊。

早上起來，發現屋裡沒有侍女打好的水，連毛巾也沒有，我頓時感慨墨家招待人的水準未免差勁過頭。轉念一想，像我這種即將要和祭祀的烤乳豬一起同臺的人，照顧那麼周到做什麼？

我搖搖頭，打開門，哈欠才到嘴邊，就見門口一排人端著臉盆、拿著毛巾、捧著衣裳，齊齊朝我彎身，「憐姑娘早。」

喲，墨君輕這小子不錯嘛，還懂得把豬養白了再殺。

我任由她們在我身上搗鼓，偶爾享受衣來伸手飯來張口的感覺。等她們倒騰完了，我問道：「墨君輕呢？」

「二公子在書房，吩咐我們伺候姑娘用早飯。」

「哦。」

吃過早飯，我一路打聽書房的位置，戳破窗紙往裡頭看去，卻不見他在。

我循著追昔的氣息而去，走到祠堂下，往上看去，陽光刺得眼疼，清了清嗓子，「墨君輕。」

不見回應。

「墨君輕。」我惱了，凡人能躲得了神仙的追蹤嗎？想得太簡單了。就算你屏息不動，追昔也掩蓋不了它的靈氣。

我站在下面，不出聲了。

等了一炷香，終於見到墨君輕探頭來看，我瞇著眼，從門背後跳了出來，「墨君輕！」

他愣了一下，我仰頭扠腰瞪他，「我也要上去曬太陽！」

厚臉皮就是這麼練成的。

墨君輕縱身而下，穩步停在我面前，說道：「妳會武功？」

「不會。」我心裡憋笑，以為察覺不到對方的聲響，那人就走了嗎？見他握著我的手腕，一手又攬在腰上，我就知曉他對我有疑。試探武功？就算掐斷我的手腕也測不出來的。

我環住他的脖子，任他抱著，往上躍去。

瓦礫已被太陽曬得暖暖的，坐在上面雖然有些刺人，但並不冰涼。

「你怎麼大清早就跑來這裡？侍女說你在書房。」

墨君輕收了收目光，「看得煩了，就來這裡坐坐。」

我感嘆道：「那你回來，肯定很開心。」我笑了笑，偏偏他不看我，「你是不是想一輩子都過這種生活？有家不能回的感覺，很不好受吧。」

墨君輕眼眸又泛起了疑惑，他定然以為我知道了些什麼，但我的表現太過鎮定，讓他無從探聽起。

「從十四歲開始，整整十年，我未曾睡得安穩過，每日都要擔心被人暗殺，真的累了。」

「現在不會了，你回來了。」我睜著眼看他，問道，「你昨晚睡得可好？」

墨君輕看了一眼追昔，「有它在，或許我這一世，都無法睡得安心。」

我靜靜地看著他，明亮的眼眸中看不到半絲謊言。我探身去吻他，忘情地吻著，就像千年前，我和勾魂在蓮花潭邊，相擁相守，忘乎天地。

他的眼睛跟勾魂一樣，冷漠到讓人心疼，但那道視線投在自己身上時，卻覺得可怕和抗拒。

我壓身在上，去扒他的衣裳，想融合他的體溫。瓦礫混合著暖暖的氣味傳入鼻尖，更讓人有種釋放感。三月的天雖清冷，但我的身體卻發熱著，久未陷入情欲，已經快掌控不住了。

衣服都快褪了一半時，墨君輕猛地將我推起，盯著我道：「不行。」

我笑了笑，手指滑過他臉上，「是現在不行，還是以後都不行？還是說，你要等到成親那天？」我故作驚訝地瞇眼看他，「你不會真的無能吧？」

墨君輕眼眸微動，卻沒有一絲笑意，似乎在努力克制，伸手將我的衣裳拉上，翻身裹住我，嗓音輕顫：「嗯，等成親那天。」

我在他懷裡笑了笑，笑得眼淚都落了下來，男人啊，不說謊會死嗎？

或許真的會。

江湖氣喘吁吁地跑進我房裡時，我剛準備沐浴。見他過來，瞪眼道：「下次記得敲門，不然我踹你到月亮上砍桂花樹。」

「重生，告訴妳一個天大的祕密。」江湖一臉得意，「墨家的大祕密。」

我心裡憋著笑，認真點頭：「說吧。」

「其實墨君輕是要把妳和追昔劍一起丟進爐子裡，用妳的骨血破壞劍的精氣，摧毀追昔。」江湖兩眼發亮，搖著我的肩膀說，「這個消息勁爆吧，我厲害吧？」

我被他搖得發暈，「啊啊啊啊，厲害啦，簡直就是神人。」

「我本來就是神……」他又狐疑看我，「妳該不會早就知道了吧。」

「不早，就在今天早上。」

「重生，妳真是一點也不好玩。」江湖挫折的眼神再度發出精光，「妳是決定暴打墨君輕一遍，還是準備捏死他？」

我想了想，說道：「我決定當著他的面跳進爐子裡。」

江湖吃了一驚，「為什麼？」

「我覺得他多少還是喜歡我的，所以我要讓他良心不安，哪怕只是兩、三天，我也滿足了。」我拍了拍手，將桌上的果子扔了一顆進嘴裡，好甜。一般的火燒不死我，也燒不死追昔，那天正好是七天期限，我讓追昔重生，然後任務完成。

追昔將會徹底消失在這世上，而我也不曾出現過。

江湖搖頭道：「重生，原來妳也是個狠心的人，以後誰要娶妳，我一定告知對方妳的真面目。」

我哼了一聲，推他出去，「我要洗澡了，你再不走我就到上神那裡告你非禮。」

江湖噗哧一笑，往我身上打量，「我會看得上妳那兩顆小籠包嗎？」

吾可忍胸不可忍！怒踹之！我飛身一踢，把江湖君趕走了。

在祭典來臨前，墨君輕一直沒來見我，我也沒出現在他面前。雖然我好奇如果去找他，他會不會帶我走，但是與凡人接觸過多，即便我消失在人世，抹去記憶，那人心中仍會留有影子。萬一影響了他的命運走向，我也算觸犯天條了。

晚上獨自一人在房中吃飯，江湖便飄在一旁道：「菜裡有迷藥。」

我一頓，抬頭問他：「你說我醒來後會不會被綁成粽子？」

江湖白了我一眼，「……妳乾脆問自己會不會被關進豬籠裡投河得了。」

事實上迷藥下得並不多，我想他們也是怕我一直睡著，影響了骨血。迷糊中聽見幾名侍女進來，將我洗乾淨、換上衣裳後，便又進來一個人。

墨君輕。

眼縫裡瞄到一抹白，還有那布滿霧靄的眼，便知道是他了。

周圍靜謐無聲，墨家成百上千的人，在這偌大的院子裡，沒有半點聲響。果真是個盛大的祭祀活動，他們等這一刻，等了足足十年。旁人尚且如此期盼，何況是身在其中的墨君輕了。

墨君輕的步子一提一落，似乎是在走樓梯。我微微睜眼看著他，想開口，聲音卻堵在喉中。不知過了多久，才終於聽見自己的聲音：「墨君輕。」

他身體一僵，只是猶豫了片刻，又邁開了步子。停下來時，我已經能感覺到身後有股熱流在湧動。

熔劍的火爐。

墨君輕俯身將我放下，手要離開的那一刻，耳邊傳來他喑啞的嗓音：「對不起。」

我心裡冷笑，三個字就能換一條命，你以後做殺手好了。

追昔此時已經躺在我腹上，依舊寒氣逼人。墨君輕離開時，追昔化作煙霧，伏在我一側，與我一同看著那被火焰照亮的夜空，「神君，再過半刻鐘，便是第七日了。」

「嗯，我的任務也快完成了。」

接著我們兩人默然不語，等月亮上了柳梢頭，那圍觀的千人中，才響起一道洪亮的聲音。

「當年墨家十世祖得到追昔劍，下令墨家世代供奉此劍，不許私生異心。老夫之過，吾兒偷得追昔，私自練劍，終因走火入魔，劍在人亡。老夫痛心不已，立志找尋能解追昔魔性之人，如今終於尋得。子時一到，老夫便將人劍合一，世上不再有追昔，以慰古往今來的劍下亡靈。」

墨家老頭說得頭頭是道，有的只是對天下英雄豪傑的痛惜之情，卻全然不顧這祭祀高臺上，有個人正躺在滾滾火爐旁。

追昔黯下眸子，卻笑得無比釋懷，「其實並不是墨家長子偷我去練劍，而是墨家家主

將我暗地贈給大公子，企盼有朝一日，他能駕馭我，成為天下人人畏懼的劍客，讓墨家長存武林。」

我聽後，驀地冷冷一笑。什麼正人君子、武林魁首，都是糊弄世人的玩意兒。虧他還能臉不紅氣不喘地對眾人說這些話，我一直覺得自己演技不錯，看看人家，那才是金馬影帝的料。

恐怕這次要摧毀追昔，也是他見墨家無人能駕馭，卻又不想旁人得到這柄利刃吧。

我回到凡體上，緩緩坐起身，抱著追昔，站了起來，冷冷地看著他們。

似乎誰也沒想到我會突然起身，原本高談闊論的墨家家主，也驚訝地頓住了音調。

墨君輕也吃了一驚，臉上神情繃了起來。

我凝視著他們，淡淡地揚起笑道：「你們以為，我是笨蛋嗎？」

說完這句話，便見勾魂遠遠地站在人群中，幽深的眸子望來，看得我極不舒服。

我把目光從他身上挪開，看向墨君輕，也不開口，就這麼定定地望著。

墨君輕終於先出了聲，仍舊喑啞，「妳什麼時候知道的？」

「兩天前，或者說，一開始就察覺到不對勁了。」我笑了笑，腿還有些痠軟，也不知那迷藥什麼時候能完全退掉，「你真當我是傻子嗎？你逃亡十載，衣著卻不曾差過，住的地方也都是客棧，還能豪邁地為我贖身。墨家在江湖上被譽為墨家天下，要是他們真想抓一個行蹤暴露的人，並不難。」

勾魂出現，恐怕也是為了勾走他的魂魄，長達十年的精神負荷，恐怕早就想死了。即便是想通了，我的心還是有點疼。不是因為我愛上了墨君輕，也不是因為他背叛我，而是心疼他的人生。

墨君輕眸子微垂，似又染上一層滄桑，「既然妳知道這些，為何要跟我回來？」

「我不是跟你回來，只是跟著追昔。我說過，我是為了追昔而來，你是用劍之人，該明白一個人碰到自己真正喜歡的兵器時的決然。我喜歡追昔，也不介意和它一同而亡，和你一起，不過是為了接近追昔。」

看著他眼裡的黯淡和那抹冷色，我便知道我的話沒白說。他或許對我有一絲情分，利用了我讓他良心不安。那我便明明白白地告訴他，其實我也是在利用你，所以我們之間並不相欠。

我笑了笑，背後炙熱的火紅色，染得我的衣服更加紅豔。風吹的爐火更盛，我抱著追昔，環視四周，貪婪而期盼的眼神，無情而冷漠的面孔，我再也不想多看。

看到勾魂時，目光相交間，又頓了片刻。如果當年我能如此鎮定地對他說這些，我就不會後悔這麼多年了吧。

最後再看了墨君輕一眼，白衣如絮，眼眸如霧，我毅然轉身，縱身往火爐一躍。

聽不到一絲聲音，身體似要真的被火吞噬，若不是追昔喚我，我也要醉在這火熱的浪潮中。

幻境中，已是白霧一片，四下看不到任何人，也沒有雜音。

我那身火焰般的衣裳已然褪去，白色錦袍在身，這一刻，已是掌管世間萬物重生的神君。

「追昔，七日之期已到，你是選擇重生，還是選擇放棄？」

追昔淡然一笑，「有勞神君送我回當年的鐵匠鋪。」

我伸手摸了摸他的頭，指尖點在他眉心間，念了咒術，只是剎那光芒，追昔便消失在幻境中，只剩我一人。我反手一翻，在掌心玉牌上劃下一個圈，任務完成，可以回去了。

「重生。」

我回過頭去，只見是江湖。

江湖大大咧咧地走來，嘖嘖道：「妳的演技越來越精湛了，如果我不認識妳，肯定以為妳真跳進火爐裡，和劍一起魂飛魄散了。」

我伸了個懶腰，懶懶地看著他，「小江湖，你構建的世界太恐怖了，只是江湖風雲一小角，就這麼變態了，你的心靈到現在都還沒扭曲，真是奇蹟。」

江湖撇了撇嘴，「心理素質很強大的人才能做這行。」他又湊前說道，「妳該不會是真的喜歡上墨君輕了吧？」

「哎喲，看來我真的可以做影后了。」

「不是吧，真的只是演戲？」

我扯住往前飄的浮雲，幽幽地盯著他：「其實，我還喜歡你。」

江湖猛地往後一跳，像見了鬼般，「好，影后，打住。」

見他那副驚慌樣，我大笑起來。等我笑夠了，跳下浮雲，拉著他說道：「我們去看看追昔重生後的樣子吧。」

江湖一口答應，這種事也只有他會陪我了，以往跟穿越君、網遊君合作時，他們都沒有這個興致。

重生後的追昔，是一塊普通的鐵，被鐵匠打造成一柄普通的劍。

它被放置在牆邊晾著時，我蹲身去看它，靈氣只能聚起一小撮，已不能說話，也失去了名劍風采。指尖撫在它身上時，沒有懾人的寒氣，即使是從水裡剛濾過一遍，也帶著敲擊百次後的餘溫。

「師傅，我想挑一把劍。」

我抬頭看去，只見一名年輕人正站在鐵匠鋪子前，身旁跟著一個書童扮相的孩童。

鐵匠停下動作，看了他幾眼道：「挑吧。」

看見年輕人眼裡的霧色和手上的拄拐，我愣神片刻，這人怕是看不見吧。

書童一一給年輕人遞劍，「公子小心利劍。」

「嗯。」

見書童稚嫩的手向追昔探來，我忙拉著江湖往後退，生怕會擋了他的道，雖然他們看不見我們，更觸碰不了。

「重生。」

「什麼？」

江湖奇怪地看著我，「妳這麼緊張做什麼？」

我一愣，瞪他，「才沒有。」

江湖低頭看著自己的袖子，「看來是我衣服品質太差了，不是妳緊張到撕破的。」

好吧，剛才我的手確實是放在那裡。

「就這把吧。」

我放眼看去，是追昔，心中頓時鬆了口氣，看著追昔的靈氣纏繞在年輕人手上，沒有一絲不自然。

鐵匠意外了下，沉聲提醒道：「這只是一把普通的劍，公子錦繡華服，應是出身名門，佩上此等劍，若受不得人嘲諷，怕是會立刻將劍丟棄在外吧。」

年輕人笑了笑，雖眼中無神，卻笑意真切，「我看劍，是用心。它的心比許多劍都要純淨，若佩劍只是拿來觀賞，我又何苦自己來挑。」

鐵匠讚賞地點點頭，「公子定能成大器，此劍也定能留名武林。我將它贈與你，望公子不要推託。」

我站在一旁看著他們，忽然明白為什麼一個小小的鐵匠鋪，能造出追昔這樣的名劍，也明白為什麼追昔不能與顯赫天下的墨家心意相通，卻能和一名眼盲之人結下主僕之緣。

那名年輕人挑的不是劍身，而是劍心，真正厲害之人，是不會依靠一柄劍的。

看著他帶著追昔而去，我也安心了，見江湖還有些意猶未盡，說道：「我們回去交任務吧。」

「妳不去看看墨君輕？」

我猶豫了一下，如果看到他過得不好，恐怕我會難過吧。江湖不由分說，把我拽進那個時空中。

年少的他，成了江湖中人人畏懼的少年劍客；年輕的他，娶妻生子，因為墨家長子尚在，因此他攜家帶眷隱居山林，恬然一生。人生的軌跡完全變了，沒有追昔的出現，他的人生平淡安詳。

而在他百年壽命中，我也沒再看到勾魂出現在他身邊。

回到住處時已是夕陽西下，我看著將木屋照得一片橙紅的斜陽，打了個哈欠，看來今晚可以睡個好覺了。

這念頭一出，就見隔壁木屋走出一個人。

勾魂。

全黑打扮在夕陽的橙紅下，透著一種滑稽感。當年第一次見到他時，也是在這種時候，那時我的腦袋定是剛被冰雹襲擊過，不然怎會覺得驚為天人，還決定去把他追到手？

我撇了撇嘴，準備回屋裡。

勾魂一步躍到前頭說：「妳當時沒必要那麼說，送追昔重生後，墨君輕也不會記得你們之間的事。」

是啊，他不會記得。神君本就不屬於這個時空，就算追昔不重生，我和墨君輕愛得死去活來，但任務一結束，我在他腦中的記憶，便會被完全剝離。

但我就是想那麼做，不知是為了讓當時的他心裡好過些，還是為了自己。

我冷著眸子看他，「我的任務完成了嗎？完成了。完成不了，會扣勾魂君的俸祿？不會……」

話還未說完，勾魂的雙手忽然滑過我的雙肩，將我擁入懷中，附耳說道：「重生，我們重新開始。」

我驀地怔住。

一千年前，勾魂說，再過兩年，我們就去上神那請命成親。然後才過了兩天，他就把我踢開，跟女尊君在一起了。那時我真的難過得要死，雖然我不認為一旦相戀就能走到最後，可這種被欺騙的感覺，並不好受。

現在過了一千年，他竟然又說這種話。

愣神片刻後，反應過來的我怒不可遏，猛地將他推開，重重打了他一巴掌。

第四章　鬼鴨子

自從被勾魂那混蛋突然轟炸後，我就在宮門君那裡待了四天，有閨蜜的好處就是不開心時可以去霸占她的窩，並有了胡吃海喝的名義。

結果就是我吃壞了肚子，每日蹲完茅坑就躺床上蜷成一團哀嚎。

江湖來看我時，我已經瘦了兩圈，看著他帶來的一籃美食，怨念不已，「小江湖，你太不厚道了。」

江湖冤枉道：「這可是眾神君託我帶給妳的。」

我聽後，更加怨念，「不是吧，百來人就湊了這麼一籃子？」

江湖忍不住朝我翻白眼，「喂喂，是誰躲在這不見人的？如果不是宮門君要出門幾天讓我照顧妳，我也以為妳出任務去了。」他眼睛瞇成一條縫，湊近道，「最近有什麼不開心的事？」

我斜睨他，「然後讓你開心一下？」

江湖搖頭嘆著，一臉憂國憂民的詩人模樣，「……重生，看來妳毒舌的本性是不會改了。」

我一頓，若無其事地繼續翻找東西吃。毒舌嘛，以前的我腦門上、臉上都刻著「我是好人」四個大字，後來和勾魂分開，我就越來越毒舌了，總想著與其讓別人傷，不如去傷別人。

不過勾魂的臉皮也真厚，六天前打他的一巴掌，手心現在還隱隱作痛。但一想到他的臉應該腫得跟豬頭一樣，我又開心起來。

身體徹底恢復後，任務君那裡已經壓了一個任務，要是我再不出現，他八成就要掀桌了。

「什麼？這次的任務是什麼？」

任務君板著臉，見怪不怪般地道：「桃花。」

我怒道：「夠了！上次是劍，這次桃花，下次是不是要把石頭搬出來？」

任務君若有所思地點點頭，翻閱著手上的任務冊子，正色道：「我幫妳看看有沒有石頭任務……」

我一凜，笑靨如花，「其實桃花挺好。」

「不，我還是幫妳看看有沒有石頭。」

夠了……不要逼我打你啊……任務君。

領了個十足鬱悶的任務，我的步子拖得更重了。回到家裡拿上神界權杖，一出門，就看到勾魂又陰魂不散地站在那裡。

很好，果然臉還腫著。

見他過來，我慌得直接跳過院子矮欄，誰想裙角不知被什麼勾住，身子重重摔在泥裡。

「重生。」

勾魂躍身過來，將我扶起，我反手扔了他一臉泥，「你到底想幹什麼？跟女尊君一起背叛我還不夠嗎？」

勾魂勾住我的身體，定定地道：「那不是真的。」

「好啊，那你告訴我，當初為什麼要跑去勾搭女尊君？」我坐在泥裡，與他面對面，靜靜地盯著他。

勾魂動了動唇，最後說道：「我不能說，但是請妳相信我……」

我打斷他的話：「本姑娘沒那麼多時間陪你耗！你如果再不放手，通天路口一關，延誤了我做任務的時間，我可是要被責罰的。」

勾魂瞬間沉默，慢慢鬆了手。

我暗暗鬆了口氣，本以為他真的放手，還未起身，那手又攬了過來，冰涼的唇緊貼，窒息的意亂情迷。

下一瞬間，我狠狠推開了他，逃命似地往通天路口奔去。

我乘著浮雲在空中遊蕩時，對著手中的冊子蹙了蹙眉。

那桃花本是世間一株普通的桃樹，後來被修道之人移植到自家院落中，得了修仙之氣，有了形體，成了一名有仙氣的小妖。正常的話，再過五百年，位列仙班也是有可能的。只是它想重生。

我撓了撓頭，問道：「浮雲啊，你說修煉成仙這麼難，為什麼總有人想重生呢？像追昔，像桃花精。」

浮雲答道：「我也想。」

我吃了一驚，伏在它軟綿綿的身上問：「為什麼？你想回到什麼時候？」

「回到妳還沒變胖前。」

「我明天就告訴烏雲妹妹說你喜歡她，非她不娶。」

「……其實妳這樣也挺好，圓潤是福。」

我翻了個白眼，你才圓潤咧！

到了那院落，收起浮雲，便見千樹萬樹梨花開，紛紛揚揚的白色花瓣散在地上，梨香四溢，沁人心脾，似神界的萬花叢林，卻更勝一籌。

在這一片白茫中，只見梨花樹一側，有株開滿粉色花瓣的桃花樹。

看著它身上縈繞的靈氣，我剛走到前頭，還未開口，便見梨花林狂風大作，吹得枝頭猛顫，陰霾蓋天，呼嘯聲猶如千軍萬馬低吼而來。

喲，這氣勢不錯嘛。我嘖嘖稱讚，雖然不過是虛幻的景象，但嚇唬凡人還是不錯的。

那天穹的烏雲張開一道血口，怒吼道：「小小凡人，速速滾出梨花林，本大仙可以饒妳不死。」

我的嘴角抽了抽，懶懶地看著它那血淋淋的兩顆虎牙，「不知神君是什麼仙？」

那聲音頓了頓，繼續吼：「我乃掌管世間萬物生長的大地君。」

「咦？」我蹙眉看它，「我怎麼從沒聽說過呢，該不會是你糊弄我吧？」

「哈？沒有嗎？」那聲音嘀咕道，「玉姐姐明明說有這個神君的，難道我記錯了？」

我內心默默搖頭，重生啊重生，欺負一個孩子實在太不厚道了。

「其實我……」

我話還未說完，身後便傳來一道清澈磁性的聲音：「以我之名，散。」

剎那間天地明如鏡，那梨花香氣又飄散開來，我往後看去，只見是名俊秀男子。

一身蓮青色長衫，髮已盤起，長劍插在身後，外貌如泉無瑕疵，一眼看去，頗有仙風道骨的氣魄。這人應該就是梨花園子的主人劍塵。

「塵哥哥。」

少女鈴鐺般的聲音響起，身著粉色衣裙的俏麗女子輕步到劍塵身旁，指了指我道：「這個人亂闖進來，我正在教訓她。」

喂喂，姑娘，妳一臉得意的模樣，是哪裡教訓成功了？

劍塵朝我看了看，目光微頓，說道：「不知神君來此，有何貴幹？」

我讚賞地笑了笑，這人的態度倒是不錯，「我身負任務而來，但不是為了找你，而是你身旁的桃花精。」

桃花精一聽，瞪大了眼，下意識躲在他身後，「花兒沒做壞事，塵哥哥救我！」

我一聽，本姑娘笑得這麼純潔善良，怎麼就把我當成壞人了？

劍塵微微皺眉道：「不知神君找花兒做什麼？」

我正色起來，念出那千年不變的臺詞：「我是神界的重生君，妳所祈求的重生意念，神界已經受理。七日後將為妳進行時空轉換，回到過去。」

劍塵一怔，看向已經愣住的桃花精，略帶著不可思議，「妳要回去何處？」

桃花精似乎未聽見，顫聲問我：「真的能把送我回過去任何時候嗎？」

我點點頭。

劍塵又問了一遍：「妳要回到何處？」

桃花精驀地鬆開他的手，仰頭看他，「我要回到三年前。」

劍塵怔了半晌，看著她眼中噙著的淚，嘆道：「妳不必這麼做，這是浩劫，怎麼可能那麼容易改變。」

桃花精搖搖頭，眼眸已紅了一圈，「即使是違逆天命，我也要回去，我要玉姐姐回來，花兒不想看著你和玉姐姐都難過。」

我在一旁挑了挑眉，難道這齣戲的悲情女主不是這株桃花，而是另有其人？我托著腮想，看來這件任務不會無聊了。

「承托我血，以我之名，鎖。」

劍塵那小子突然念咒術做什麼？我抬頭看去，一道靈光符咒硬生生拍在我身上，體內仙氣立刻被束縛，瞬間化作凡體。

早聽說過神君執行任務時也會被凡人反攻，我一直覺得不可信，如今看來，我的仙路，圓滿了。

桃花精大驚，「塵哥哥，你對神君做了什麼？」

劍塵不語，走上前來欠身道：「神君得罪了，請見諒。」

呸，本姑娘搧你一巴掌再給糖你吃，看你見不見諒我！「你這是做什麼？襲擊神君，可是觸犯天條的，恐怕以後你想升仙也難了。」

桃花精一聽，又吃了一驚，「塵哥哥你這是做什麼？」

劍塵微微瞪了她一眼，「在七天內，不要想著重生的事。」他又看向我，「七日後，我會解開咒術，還請神君在此做客一段時日。」

我悠悠地看他，「喲，看來不是襲擊，而是囚禁啊。」

劍塵未回答，轉身離開了梨園，背影甚是孤寂。

桃花精追了幾步，又停下了，回過身來已是滿眼委屈，鼻尖也有些嫣紅，「神君對不起，請妳不要責罰塵哥哥，他只是不想再讓花兒受傷。」

我往她旁邊一湊，嬉笑道：「本神君想問問妳，妳要重生做什麼？什麼三年前，什麼玉姐姐，他又為什麼不讓妳回去？」

桃花精打量了我幾眼，那眼神根本是在懷疑我，半晌才道：「一百二十年前，我才這麼高，後來這麼高的時候，遇到大旱，就萎縮成這麼高了……」

「停。」我淚流地搧了搧手，「妳能不能在說高度的時候比劃一下……」

「噢。」桃花精吐了吐舌，「我這兩年才成形，手腳有點跟不上。」

我蹙眉看她，說道：「妳不是多年前就成形了嗎？」

桃花精眼眸微黯，笑了笑說：「三年前我修行七十年的靈氣被鬼怪吸走了，後來塵哥哥用高山靈泉水澆灌我，才讓我活了下來，但是身體經常會崩壞。」

我點點頭，饒有興趣道：「為什麼妳的靈氣會被吸走？」

桃花精清了清嗓子，緩緩道：「大概是一百年前，塵哥哥和玉姐姐已經算半仙了，他們本在不同仙人門下修道，後來相識便一同搬到梨園中。那時我只是一株小小的桃花樹，恰逢百年不遇的大旱，許多人都死了，化作冤鬼，四處作亂，我被他們害得奄奄一息。剛好出來捉鬼的塵哥哥和玉姐姐發現了我，便把我帶回梨園，每日澆灌。過了二十年，我終於可以變成人了。」

「那時我只有七、八歲的孩童那麼大，但身體卻只有一朵花重，經常風一吹，我就被吹到十里外了。玉姐姐總是笑我，說我是十里桃花滿天飛。」

「神君妳知道嗎，玉姐姐真的很漂亮，笑起來時更好看。她很喜歡塵哥哥，塵哥哥也喜歡她，他們約好成仙之後，也會帶上花兒一起。即使花兒沒有那麼快成仙，也會在這梨園中等我。

「可是有一天，玉姐姐捉了一隻鬼回來，準備鎖在梨園裡淨化。塵哥哥覺得那隻鬼太凶了，如果不小心放出來，恐怕會禍害旁人，還是趁早斬殺的好。他們誰也不肯退步，最後玉姐姐氣沖沖地把鬼隨便一鎖，離開了。

「那天我正好出去玩，回來時不知道那裡關了一隻鬼，從旁邊走過時，他抓住了我，把我的靈氣吸光後逃走了。塵哥哥回來後，很生氣，又和玉姐姐大吵了一架。玉姐姐氣得回了仙音閣，再也沒踏入梨園中。」

桃花精一口氣說了這麼多，臉色有些慘白，緩了緩才道：「所以花兒常想，如果我能回到過去，我定要勸玉姐姐不要捉那隻鬼。即使捉了，也不要關在梨園。就算關了，花兒也不會再從那裡經過。」

將想知道的八卦聽完，我心滿意足地點點頭，拍了拍她的肩道：「放心吧，妳會回到過去的，妳說的事不難改變。」

你的塵哥哥和玉姐姐會在一起的。

後半句我沒說，因為在我做重生一職時，上神便跟我說過，不要給任何人保證，即使妳覺得重生之後能成，卻未必絕對。

命運變數太多，不到最後，無法預知結果。

桃花精似乎也信心滿滿：「塵哥哥和玉姐姐，一定會在一起的。」

我靜靜地看著她那張還未完全長開的臉，明眸如清澈泉水，兩顆虎牙也甚是可愛，我摸了摸她的頭，輕輕應了她一聲。

她困倦地打了個哈欠，問道：「神君，花兒可以伏在妳腿上睡嗎？」

聽完八卦，這點回報可行，我點點頭。

她笑了笑，滿足地伏在我腿上，夢囈般說道：「花兒靈氣不夠，嗜睡，以前玉姐姐也經常讓花兒伏睡。神君呀，等花兒醒了再給妳弄好吃的，玉姐姐說花兒做的菜最好吃了。」

「嗯。」看著這麼一個玉人睡著，我的動作也輕了。

可是時間一久，腿麻了……救命，妳怎麼還沒醒還沒醒還沒醒！

傍晚時，劍塵歸來，我無力地看向他，使著眼神。

劍塵皺眉思索片刻，眼眸微亮，隨後堅定地朝我點了點頭，輕步走進屋裡。

……老娘是在說快點救我，不是讓你小心吵醒桃花精！神跟凡人果然是沒有辦法正常溝通的！

花花醒來後，伸了個大懶腰，見我癱在椅子上，笑道：「神君，花兒去給妳做好吃的。」

「去吧去吧。」幸好在我血脈停滯前，她終於回魂了，我慢慢起身，腿一軟，摔在地上。圓月映在眼裡，看得我淚流滿面，以後我要是生了孩子，打死也不讓他睡我腿上，讓他爹去做。

劍塵從屋裡走出來時，我正撣著身上的塵土，見了他，說道：「我倒是不明白為什麼你不讓花花重生，她回去的話，對你們豈非都好？」

劍塵微頓，「她什麼都告訴你了？」

「是。」

劍塵沉著音，「妳所聽見的，未必是最終的真相。」

我驀地醒悟，「莫非裡面還有隱情？你不如告訴我吧。」

劍塵看了我一眼，緩緩道：「俗語有云，凡知曉外事過多，終有一日是會被滅口的。」

哪句俗語這麼說過了？不說就不說嘛，非得繞圈子。

我對他的嫌棄之情又添了一分，果然還是花花那樣一根筋的對我胃口。想到這，我忙竄進廚房，爐火紅豔熱氣蒸騰，只是為什麼聞不到一點肉香……我蹙眉走了過去，眼前所見全是綠色蔬果。

我微微抽了抽嘴角，「花花，妳準備做什麼菜給我吃？」

花花笑靨滿滿，「做我最拿手的齋菜啊，比如……欸，神君妳要去哪裡，不吃了嗎？」

我邊走邊擺手，「我去外面吃草。」

「吃……草……」

我早該想到的，聽聞修道之人為了內心潔淨，因此不碰葷菜。期望過高，現在已經能感覺到肚子在抗議了，我得趕緊去外面找點東西祭五臟廟。

走出梨園，便見一層咒術罩著，用指去戳，就見指尖冒出一股煙霧，我連忙縮回手，轉身回去。

好吧，齋菜就齋菜，正好這幾天肚子不大舒服，吃點清淡食物也好。

吃過晚飯，花花幫我鋪了床，我在上面滾了一圈，又軟又暖，看來囚禁也分很多種。

見她眼圈泛紅，我問道：「妳哭了？」

花花吸了吸鼻子，哽咽道：「我想起玉姐姐了，以前我們也經常一起吃飯。」

這丫頭，到底有多想念以前？我張手用力抱了抱她，「過完這七天就好了。」

「可是神君妳不是被塵哥哥封住了仙氣，變成普通人了嗎？」花花伸手捏了捏我的臉，「果然還是仙體時好看，這張臉太普通了。」

「普通點不會遭色狼惦記。」在人間走動，隨時都可能會碰到意料之外的事，如果沒有靈力卻有一張絕色臉孔，怕會遇上不少麻煩。

花花想了想，說道：「神君，不如我帶妳去找玉姐姐吧，塵哥哥的咒術她都知道，或許她能解。」

「啊？」

她兩眼發亮，握住我的手說道：「神君，我們現在就走吧！」

我望天，這就是傳聞中的行動派嗎，能不能等我睡飽再說……

花花拉著我連夜跑出梨園，也不知她用了什麼法器，往靈力牆上一扔，牆便開了一個大口子。

這丫頭雖然人小，力氣卻大得很，手都被她抓出一圈淤青。一路逃了十里，跑得我差點喘不過氣，只好扯住她道：「行了，他沒追上來。妳是要累死本神君嗎！」

花花抹了抹額上的汗珠，點頭道：「那我們找個洞休息一下吧。」

我滿臉疑惑地看著她，「洞？」

花花皺著細眉一想，沉吟道：「看來還是找個地穴吧。」

我頓時覺得頭有點痛，「別告訴我，妳從來沒在凡間玩過。」

「是呀，花兒第一次跑這麼遠。」

我有種欲哭無淚的感覺，試探性地問道：「妳知道仙音閣怎麼去嗎？」

「不知道。不過玉姐姐說，如果花兒走丟了，可以問路。」

這個智商……她是怎麼活到現在的……

我本來還覺得逃出來滿好玩的，但現在看來，非但沒有，我還得擔當起導遊的職責，不然別說七天，就算是七年，也到不了仙音閣。

晚上找了間客棧住下，沐浴後花花便躺在床上呼呼大睡。這麼嬌小的一個人兒，手腳卻好像長藤般，一躺下便被她纏住，讓我不得安眠。

我掙扎著下了床，把軟被塞在她懷裡，推門出去，「我是造了什麼孽啊。」

氣流一滯，我偏頭看去，秀麗青衣，豐神俊朗之人落入瞳中，追得倒真是快。

劍塵抬手將那木門一封，才面向我，「神君受累了，花兒年幼不懂事，請神君勿責罰。」

我擺了擺手，「無妨。」比起這個，我倒是對他更感興趣，「你打算什麼時候抓她回去？總不會是等她到了仙音閣才動手吧？」

劍塵頓了頓，說道：「明早我便帶她回去。只是能不能請神君回神界，讓她對重生一事死心？」

「不行。」這種事一點退路也沒有，我斷然說道，「你以為世間萬物皆可獲得重生的資格嗎？若不是有非常強大的意念，根本無法將心意傳達到神界，我更不會出現在這裡。一旦接受任務，不管旁人如何阻攔，本神君都會拚死完成。」

劍塵眸子微怔，似乎思索了許久，才緩緩說道：「玉兒已死，即便花兒去了仙音閣，也只能見到墳塚。」

我吃了一驚，「白玉死了？」任務冊子怎麼沒寫？看來下次得讓任務君幫我添上人物生卒年。

劍塵點了點頭，目光隱約透著寂寥之色，「玉兒死之前，讓我隱瞞此事。若讓花兒知道，恐怕她會難過一世，無法專心修道。」

我淡然說道：「現在你和白玉未在一起，她也不見得專注。」

劍塵沉聲問道：「神君當真不能空手回去？」

「不能。」

「那只能委屈神君繼續用這凡人之身了。」

我淡淡瞥了他一眼，凡人要修仙，除了有好的根基，還需有潔淨的心智，以他如今的心性，怕是難以成仙了。

劍塵默然半晌，將一個錢袋交給我，「花兒一直想在人間走走，但是她人形未定，仙氣一弱，便容易變回原形，因此從未帶她出來。還請神君帶她玩耍一番，完了這個心願。」

我又氣又好笑地看他，這傢伙，當真以為神仙就沒脾氣了嗎？我將錢袋丟回給他，不客氣道：「哄小孩的事，本姑娘可不擅長，你可以自己做。」

說完，便一掌扇開那靈力封禁，走了進去。想必此時他的臉上寫滿了愕然，廢話，要是一個正統仙人被二流修仙人控制住，我還怎麼在神界混？

屋內漆黑，我摸索著往床邊走去，拉過被子舒舒服服地躺了下去，還好這小妞沒真成八爪魚，完全霸占床。

睡了一會，我又睜開眼，往旁邊一探。

沒人！

我驚起，呼地往手心吹了口氣，火焰一照，床上果然沒人。我翻身下去，還未站起身，一張臉被火光照亮，我差點又跌回床上。

「勾魂，你怎麼在這裡？」

勾魂微微皺眉說道：「剛來。」

「你來幹嘛？」我跳下床，四處找了找，問道，「你進來時，有沒有看到一隻桃樹精？」

「沒有。」

我蹙眉尋了尋四下，見那窗口敞開，鼻尖一嗅，一股陰鬱的鬼氣夾雜著桃花香氣，難道是被鬼魅捉走了？

可惡，都怪劍塵那傢伙，用靈力將門口阻隔，非但隔絕了聲音，連入屋的鬼氣也隔絕了。

我默默在心裡暗罵他幾聲，手撐窗上，步子一邁，跳窗而出。

身子躍出的那一刻，我頓時恍然，難怪有點拳腳的人，都不愛走門，喜歡破窗而出，從正門走多礙事。

那鬼氣離得並不遠，照現在的速度，再過半個時辰便能追上。我用餘光瞥了瞥緊跟一旁的勾魂，「看來勾魂君很閒啊。」

勾魂抿了抿嘴，平靜道：「察覺到妳的仙氣波動，便來了，本不想讓妳看見的。」

我冷聲道：「那就麻煩你躲好些。」

「若妳不用真火，定然看不見我。」

誰想我這麼湊巧地點了火在床上找人？「怎麼，勾魂君這是打關心牌嗎？硬的不行就來軟的？」

勾魂已然習慣了冷言冷語，看了我良久，才道：「妳再等半年，滿一千年了，我會告訴妳全部真相。」

我猛然停下腳步，疾風從耳邊呼嘯一過，我抖著聲音道：「為什麼要告訴我這句話？就讓真相爛在你肚子裡好了。一千年了，有什麼事要過一千年才能解決？」我狠狠在他心口捶了一拳，怒了，「把心挖出來給我看！」

這句話，在一千年前我也說過，雖然所遇的事全然不同，心情卻是一樣的。

這次是恨他理所當然地離開，又好像什麼都沒發生過地回來，他要是再求情一下，我怕我會把持不住。在自制方面，我向來比不過他，否則當年我也不會追他整整十年。

一千年前的我，定是被洪水沖傻了腦袋，不然怎麼會喜歡上這種冷漠、殘忍、薄情的人？

分手後我不止一次這麼想過。

那年神鬼大戰，我受傷後昏迷了很久，清醒後的第一眼，是上神那張滿是皺紋的臉，一瞬間還以為是妖魔，便一巴掌拍了過去……

上神一怒之下，把我打發到荒無人煙的城外村落，那村落鮮有神君居住，無人管束，我也樂得自在。

那日夕陽西下，正是外出覓食時，我打著哈欠推門而出，便見那矮欄旁站著一名黑衣男子，神色寧靜而微寒，長眸如畫，五官被斜陽襯得俊挺。狹長的眸子往我看來時，我的視線已經挪不開了。

那是我第一次見到勾魂。

後來我費盡千心苦練廚藝，就為了在他出門尋食時上前搭話。

明明因為大戰落下一身病痛，還捨不得吃藥，因為我不敢確定等我病好了，他還會不會幫我採藥，好讓我多見見他。

村子裡的神君很少，誰也不知我在幹嘛，我就趁著養病不用工作，每日光想著怎麼追到勾魂。

被我纏得不行的勾魂，終於有一日問我：「妳喜歡我哪一點？」

我只當是柳暗花明了，喜得心都要跳了出來，「很多啊，你長得好看，不抽菸不打麻將，不好女色，為人正經，很有安全感。」

勾魂點頭道：「我會改的。」

「哈？」

「妳說的這些，我都會改。」

我驀地明白過來，委屈的眼淚轉了半天，終於狠下心大聲道：「把心挖出來給我看！」

就算我再厚臉皮，被這麼直白地拒絕，還是有點難過。

想到往事，我倒是冷靜了下來，沒有萬年修行的我，也做了千年神仙，這麼歇斯底里的像什麼話？

我慢慢收回手，白了他一眼，「本神君沒時間跟你耗，請勾魂君自重。」

我不能把自己的愛變得這麼卑微，就算喜歡他到不行，也不能在他面前表現出來。

想畢，便拂袖而去。

我頓時欣慰這個動作真是帥氣無比。

「重生……」

哼，我不會回頭的。

我默默想著，左腳卻踏了個空，人已往下墜去。

可惡，告訴我前面是屋頂邊緣會死嗎！

預想中的摔落並沒有出現，勾魂上前將我攬住，拉回屋頂，一雙漆黑明亮的眸子直盯著我。

我氣沖沖地推開他，「你不跟我交代清楚前因後果，就別想我回頭。」說完便繼續循著鬼氣找人。

跟勾魂扯了半日，追了許久，那鬼氣才又漸漸濃郁。直至天明，已經快要追上，勾魂卻沒再跟上來。

些許的落寞又帶了點勝利感，我真是個彆扭至極的人。

桃花清香飄入鼻中，我停了下來，這裡不是鬼域嗎？

天地有神界、鬼域、妖族，還有凡人及大大小小的領域。每個領域都有統治者，神界與鬼域自從千年前的大戰後，兩敗俱傷，訂下了互不侵犯的原則。

如果我在鬼域被發現真身，恐怕會招來口舌，只是任務都接了，不到最後關頭，不能隨意放手。

貪玩惹的禍啊，我搖搖頭，跳下地面，幻化了凡體。

人間的修仙之人和除妖師經常會進出鬼域，鬼怪不會起疑。打定主意後，我伸指推開肉眼看不見的鐵門，走進裡面。

鬼域與人間無異，鬧市繁華應有盡有，但我仍能感覺到四處散發的陰鬱之氣。難怪凡人與鬼待得久了，會被吸走陽氣，這種戾氣，凡體如何承受得了。

我只有一個時辰，過了這個時間，恐怕要被迫變回神體了。

察覺到花花的氣息已經停了下來，我鬆了口氣，快步往前走去。

渡過淺流，穿過樹林，一堵高牆擋住了視線。左右一看，高聳入天的圍牆，一看便是有錢鬼家。

「嘖嘖。」

一側響起驚嘆聲，我轉頭看去，只見是個穿著灰色長衫、二十歲上下的男子，一不是美男，二來有些猥瑣，還是個胖子，我看了一眼就繼續研究高牆去了。

「姑娘想進去？」

不會是搭訕吧？無怪乎世間有言桃花運，花花以後我一定多蹭蹭妳。「想，你有法子？」

「有，飛過去就行了。」

我斜睨他，「怎麼飛？」

他從腰間拿出一張符咒，念了幾句我聽不懂的咒語，手掌往下一翻，地上出現了一隻……鴨子。

「噢，念錯了。」

我抽了抽嘴角，瞇眼看他，推測是個三流的除妖師。

「噢，又錯了。」

「不是這個。」

「一定沒錯。」

我打了個哈欠，捲起袖子，走到樹下，往上爬去。

「姑娘！」驚喜之聲響起，男子一臉興奮，「我變出來了。」

我往下一瞥，就算那是隻能飛的白鶴，但是變得像隻母雞那麼大有個屁用。我收回嫌棄的視線，還是繼續爬我的樹吧。

這樹應是長了千年，枝幹交錯，延伸到那高牆上。我輕而易舉地順著樹幹爬到牆上，還沒站穩，身體被人一撞，和著男子的尖叫聲往下墜去。

你叫什麼啊！該尖叫的是我吧！

看著映入眼簾的碧綠青草，我心想以後一定要多做善事，累積運氣，還有，遠離胖子。

幸而是那胖子先墜地，我壓在他身上，見他暈死過去，伸手拍了拍他的臉：「喂，喂。」

胖子慢慢睜開眼，看見前頭，驀地瞪大了眼。

我頓了頓，回頭看去，只見數十個飄浮在空中的下人持著木棒指著我們。

本神君被俘了，死胖子也被俘了。

我們兩人被捆成粽子扔到大堂上，聽著一眾下人商量著先將我們先關進柴房，還是先通知主人。

「主人說傍晚前不許打攪他。」

「可是他都抓著那丫頭回房裡一個時辰了，想辦的事都辦完了吧？」

「那你去稟報。」

「不去，你去吧。」

我皺著眉，聽他們的語氣，花花已經被抓來一段時間了，而且還是關在房裡，看樣子兩個人都沒出來。

我剛站起身來，那小鬼就喝道：「妳做什麼，給老子蹲下。」

掃視四周一圈，大堂內的小鬼們已全都倒下。我動了動手，身上繩索脫落，剛邁開步子，那胖子便嚎叫起來：「也幫我解開啊，女俠。」

「別叫別叫！」我厭煩地吼了他一聲，指甲劃斷他的繩索，「這麼大聲，驚動了別的鬼怎麼辦？」

胖子縮了縮，瞅了外頭一眼，「他們已經被妳的聲音驚動了。」

「……」

八字不合，一定是八字不合！我怨念著，顧不得這胖子，鑽進裡堂。後面的鬼叫聲淒厲傳來，聽得我心裡一陣發涼。

不好，凡體快維持不住了，得趕快找到花花才行。

一間間房找，卻不見人影，也嗅不到氣息。

胖子在後面一顛一顛地跑著，喘氣道：「姑娘啊，妳踹壞了人家的門，晚上他們還怎麼睡覺啊。」

「你給本姑娘閉嘴！」

「哎呀，姑娘這就不對了，這麼凶可是沒人敢娶妳的。」

「大不了賴著你就是了。」如果不是急著找花花，我定要把他丟出去，這世上怎麼會有這麼聒噪的人？

等感覺到花花所在時，我已經踹壞了二十幾道門，腳都疼了。等終於確定是眼前這道門時，我提起腳來，往前踢去，門卻在此時開了，我一個不穩，結結實實往前摔了一跤。

門後的人俐落地閃過我，微微凝眸，抬起左腳，一腳將我踢了出去。

這力道踹得我心口生疼，俯身吐了一口腥紅的血。

「把這凡人拖出去，殺了。」

冰冷的聲音不帶一絲溫度，我抬頭看去，長得倒不錯，只是眼神太過冰冷。我看了上前抓住我的小鬼一眼，問道：「花花呢？」

男子冷聲道：「把她丟進屍骨河裡。」

我掙扎道：「花花呢？」

談判不成，我只能動粗了。剛準備提升仙氣，裡屋就衝出一個人來，這俏臉不正是花花嗎？我掙脫開小鬼的手，一把抱住迎面而來的她，「花花！」

花花也急急忙忙抱住我，見我嘴角有血，哇地哭出聲來，「花兒是不是連累姐姐了？」

我忙安慰她，又問道：「剛才去哪了？」

「花兒在屋裡睡覺。」

什麼？睡覺？我怒了，起身要拍死那男子，「你對我家花花做了什麼！」

花花羞紅了臉，「不是姐姐想的那樣，是真的睡覺。今天走的路太多，形體虛弱，清淵哥哥就把我帶到這裡來了。」

我鬆了口氣，「那就好。」等等，清淵哥哥？我看向那名冷似寒霜的男子。

清淵手腳未動，啟齒道：「設宴。」

啊？這個轉折也太大了吧。

「免了，我要帶花花走，她雖是妖，但不適合待在鬼域。」而且我也撐不了半個時辰了，走為上計。

花花倒是乖巧，說道：「清淵哥哥，我還要去找玉姐姐，就不多留了。」

「等等。」清淵頓了頓，眼裡抹上意外之色，「白玉不是已經死了嗎？」

一句落下，砸得花花臉色發白，抓住他的袖子，指節都泛了白，「你說什麼？玉姐姐死了？」

清淵垂了垂眉目，「是，三年前她來鬼域，走岔了路，進了鬼林，中了屍毒，瘋魔後，被人所殺。」

花花愕然地鬆開他，步子不穩，「所以塵哥哥一直沒去找玉姐姐，也不讓我去找，就是因為他知道玉姐姐已經死了嗎？」

我扶著她，那顫抖震在我的心上，也覺難受。有時候，作為旁觀者也不是那麼開心的。

「花兒錯了，花兒錯了。」花花似瘋了般，轉而抓住我的手，哭道，「姐姐，讓我回去三年前好不好，求求妳，花兒現在就回去，再也不闖禍了。」

我淡淡地回答：「五天之後才可以。」

「花兒現在就要……」她兩眼一翻，人已暈了過去。

我訝異地抬起頭，只見那胖子笑道：「這個時候睡一覺才是最好的。」

這次我沒罵他，以花花現在這個模樣，昏睡過去，的確是好的。

清淵從我手中接過花花，將她送進房中，那股無意間透出的溫柔，實在引人聯想。

我看了他一會，說道：「你就是當年花花在梨園放走的鬼？」

清淵的眼眸又罩上一層寒霜，已經與剛才截然不同。「是。」

我搖頭道：「花花如今形體虛弱，也是因為當年被你汲取了七十年的靈氣，你帶她來鬼域養傷，就算補償了嗎？不如早點放她回梨園。」

清淵皺起那長眉，說道：「什麼汲取靈氣？」

心頭一頓，我看向他，花花的靈氣……與他無關？

「當年你是不是被白玉捉到了梨園？」

「是。」

「你離開梨園是不是因為花花？」

「是。」

「她為什麼要放你走？」

清淵說道：「我也不知道。」

我越發聽不懂，「她無緣無故就放你走了？」

「是。」

很好，本神君被搞混了。

那被我忽視已久的胖子道：「有兩種可能，一是他說謊，二是那位姑娘說謊。」

清淵不解地看了胖子一眼，半晌才道：「當年她放走我，讓我不許回梨園，我便沒有回去。這次感覺到她的氣息，去尋她時，已經靈氣消散，體弱得很，我便帶她回來療傷。」

我點點頭，如果清淵沒有說謊，那就是另有隱情。「我要先帶花花回梨園。」

清淵看了看我，「妳這副模樣，怎麼帶她走？」

我聳聳肩，自然不能說出我乃神君的真相，只是凡體將現，得趕緊找個地方壓制。「茅房在哪？」

只見清淵皺了皺眉，指了個方向。

慘了，神君姑娘我形象全無……

從茅房裡出來，剛拐進院子，就見那胖子站在一棵梅花樹下。本以為他在賞花，誰想那圓滾滾的手往上一伸，把整枝樹枝都折了下來。

我皺了皺眉，決定假裝不認識他。走了幾步，心中一想，不對，我本來就不認識他啊，他從哪裡冒出來的？

「喂，胖子，你進鬼域做什麼？」

胖子睜著小眼道：「玩。」

「鬼域有什麼好玩的，快點走吧，待久了小心性命不保。」

「那妳怎麼不走？」

我瞇了瞇眼，說道：「因為我是神。」

胖子也瞇起了眼，雖然瞇不瞇都是細縫一條，「其實我是鬼。」

我拍了拍他的肩，「你再輕點就像了，鬼可沒這麼重的。」

胖子一臉憋屈地看著我，我笑了笑，去找花花，她要是還沒醒，拍也得把她拍醒。

花花果然沒醒，我坐在床沿看著她緊閉的眼，猶豫了一下，還是搖了搖她，「花花，起來了，該回梨園了。」

「玉姐姐……對不起……」

聽見這聲夢囈，我停住動作，慢慢收回手，打算替她蓋好被子，她又立刻亂動起來，嘶聲道：「花兒錯了！花兒錯了！」

我忙拍她的臉頰，只見她猛地睜開眼，坐起身，見了我，立刻緊抱住，哭道：「神君姐姐，讓我回去吧，玉姐姐就不會死了。」

「再過幾天就好了。」我撫著她的背，替她順氣，「清淵告訴我，當年妳只是放走他，他並未奪取妳的靈氣……」

花花身體一僵，鬆開了我，揪著被褥，半晌才道：「花兒撒謊了。」

我靜靜看著她，「妳放走了清淵，然後自己毀了七十年的靈氣，再推給他？」

花花默然地點點頭，「花兒是不是很壞？」沒等我回答，她又笑了笑，「其實花兒一直很壞，我喜歡塵哥哥，喜歡玉姐姐，那年知道他們馬上就可以成為仙人了，要丟下花兒，花兒就不開心了。正好玉姐姐捉了清淵哥哥回來，我就想，如果他們吵架了，心中不淨，就能多留幾年了。沒想到……」

花花哽咽的聲音聽得我心中微涼。我探身抱著她，說道：「世間萬物皆有私心，不必太過自責。五日後，我送妳回去就好。」

話雖這麼說，但我有一點想不明白，按照目前所知的情況來看，花花回去三年前，對劍塵、白玉，甚至她自己都好，為什麼劍塵會不同意？

心中隱約泛起不安，看來得先回梨園找劍塵問個明白。

安撫了花花，哄她睡下，我便去找清淵。「幫我照顧花花三天，我回梨園。」

清淵轉過身，看得我渾身起了冰霜，淡淡道：「鬼域與神界互不往來，神君來此，不怕招人閒話嗎？」

我饒有趣味地看著他，「你怎麼知道我是仙人？」

「在一個鬼氣環繞的地方察覺到仙氣並不難，只需片刻即可。」

我笑著問：「那你打算怎麼做？稟報鬼王，然後跟神界討個說法？」

清淵冷笑一聲，「不如說說妳跟在她身邊的目的。」

「重生。」我斂起笑意，告訴他也無妨，「花花要回到三年前，也就是你被捉進梨園的那天。我就是執行這個任務的重生神君。」

「恐怕妳無法繼續完成這個任務了。」

「為什麼？」我皺眉看他，劍塵不肯，他也不肯，裡頭到底還有多少我不知道的事？

清淵說道：「當年並不是白玉捉住了我，而是我自願跟她回去的。」

我都快成了問題兒童了，給我三個腦袋也不夠用。「為什麼？」

「妳應該知道，但凡修仙之人，必定要歷經重重劫難。那日一對男女將遊魂送來鬼域往生，在忘川上，恰巧與我同乘一船。聽聞那女子說自己近日劫難將至，劫數安然度過，即可成仙，若不過，便死。我那時便想，若能得到她的靈氣，我的修為也將大漲，於是尾隨他們歸去，假裝被他們捉住，就等那女子劫難來時我得漁翁之利。」

我驀地明白過來，「所以說，即使你不來梨園，花花不放走你，白玉也仍會闖入鬼域，中屍毒而死？」

「是。」清淵點點頭，繼續道，「那日她將我放走後，我也應允她不再踏入梨園，未曾想過竟會如此。」他的眸子又冷峻起來，盯著我道，「如果她回去強行改變了白玉的命數，即是違逆天機，死的自然不會是白玉，而是她。」

所以他才不想讓花花回去吧？我心中一個咯噔，那劍塵……是不是也跟他想的一樣？難道劍塵知道桃花的靈氣是自行散去的，卻一直沒點破？

唉，這幾人繞來繞去，繞暈的卻是自己，也苦了旁人。

只是任務已經接取，無論重生結局如何，我都要為她達成。千年來第一次覺得自己所做的事如此殘忍，我暗嘆了一口氣。

清淵又開口道：「我只能殺了妳，方可讓她死心。」

我笑了笑，「殺神君，是與神界作對，你縱然不怕，難道鬼王能坐視不理？這鬼域可不是你說了算。」

「我已跟君上請示過，妳擅闖鬼域，神界又有什麼理由責怪我們？」

「喲，動作倒是很快嘛。」我雖然笑著，脊背卻已涼了一片。清淵要殺我，又得到了鬼王同意，必定是已部署好一切，想逃也沒那麼容易了。

清淵站的位置較高，往我看來時，眼眸更是傲然冰冷，「妳若不想受苦太多，就乖乖束手就擒。」

束手個頭，生死關頭不逃是笨蛋，本神君長得很聰明好嗎？

想罷，我便轉身，仙氣剛從腹中溢開，就見一個肥大的腦袋擋在前頭，幾乎要湊在我臉上，受他一驚，氣全亂了。

胖子無辜問道：「姑娘怎麼了，臉色這麼差，我背妳去找大夫……」

「去死！」我一掌拍開他，步子未邁開，低頭看去，只見腳下攔了一隻鴨子。我抬腳要踹，背後一涼，一道冰柱從肩胛穿過，疼得我差點暈過去。轉身一看，清淵的手上寒氣未化，冷冷盯著我。

胖子搖頭摸著那鴨子，說道：「不能傷了我家丫丫。」

我捂著傷口，疼得牙齒打顫，「你也是鬼域的人？」

胖子笑道：「我早說過我是鬼啦，不相信我的人，都該死。」

我冷冷一笑，「你倒掩飾得很好。」

「嘖，妳可以掩飾妳的神體，我為何不能學妳？」

胖子的聲音已不如之前慵懶無力，清澈沉穩，那凡人的模樣也漸漸散去。由黑髮退至銀白，雪白的額頭慢慢露出，隨即便是一對含笑黑眸、高挺的鼻梁、淡粉薄唇，寬大的白袍套在身上，活脫脫一位輕佻公子。

看到他的黑眸銀髮時，我全身冰冷，「沐川……」

鬼王沐川，千年前神鬼大戰時，一掌將我拍落斷崖，將我魂魄震得支離破碎的人。當年駭人的疼痛在腦海中湧起，跟肩上的傷混在一起，我差點昏死過去。

難怪清淵見到「胖子」時微微驚訝了一下，難怪清淵能這麼快就向鬼王稟報。偏偏我絲毫未察。

沐川臉色微僵，片刻又恢復過來，笑道：「妳認得本王？來，讓本王看看妳的真面目，若長得好看，可以暫時饒妳不死。」

素來聽聞鬼王好色，時而化作富商，時而化作俊美男子，也會化作俠士遊走人間，尋覓美貌女子侍寢，不出十日，便見女子橫死街頭。

我若不逃，只怕要遭他玷汙。方才說話之餘，仙氣已經聚集，心中默念咒術，體內氣流炸開，迅速溢滿全身，染著鮮血的右手往上一拋，血珠濺在空中。

「以我之血，借風之力，織！」

血網驀地從空中張開，擋住他們追擊我的路。

看來不只活力榜了，本年度最窩囊的神君狀元應該也是我。

風從耳邊掠過時，身後的寒氣也在逼近，雖然上神曾說我仙骨奇佳，但我大戰受了傷後，不怎麼勤修仙術，現在能拿得出手的幾招，還是當年跟勾魂在一起時他督促我學的。勾魂吃喝嫖賭都不愛，潛心修仙的時間比其他人多，仙術自然厲害。可惜我們分開得太早，沒時間讓他多鞭策我。所以說，找戀人時，必定要找個勤奮又認真的啊！

我感慨著，眼見鬼門近在眼前，卻聽身後喝道：「往生之門速關！」

即使是到最後一刻，我也絕不會任人宰割，這是習慣。

鬼門緩緩關上，急得我差點吐血，這種要近不近的逼迫感，最折磨人。

指尖已觸到鬼門，那縫隙卻瞬間閉合，擋住了去路，也擋住了逃出的希望。我身體冰冷，只盼那道門能打開一小道縫，可惜沒有。

清淵的寒氣已在身後不遠處，聲音似霜：「我可以讓妳死得痛快些。」

沐川在一旁笑道：「清淵，這神君的仙氣賞給你了。」又朝我說道，「神君，莫非妳長得極醜，不敢讓本王看看嗎？清淵快殺了她，真鬧心。」

我深吸了口氣，心裡思量著要如何逃脫，事到如今，好像沒其他法子了，沒想到本神君竟然是個短命鬼。我緩緩轉過身，不急不躁，冷漠地看著他們。

清淵手上聚起冰柱，掌剛起，沐川便猛地搧去他的寒冰，滿臉愕然地抓住我的雙肩，聲音顫道：「宿宿！」

宿宿？我疑惑地看著他，他在說誰？

「妳不認得我了嗎？」

廢話，剛才我不是喊了你名字，鬼王沐川嘛。我被他搖得痛不欲生，嫌棄道：「難道這也是你戲弄女子的手段？不過佯裝故人，也太俗套了吧。」

沐川驚了驚，伸手探我額頭，又捏我臉頰，「大戰的時候，我果然下手太重，把妳敲傻了嗎？還是說，妳也恨我，不願認我？」

一聽有戲，我立馬抱住他，聲淚俱下，「沐川！」

這傢伙不是眼花就是腦袋被夾過，我佯裝認識他，找機會逃生，等我回了神界，我就不信他還會跑到神界來抓人。

清淵此時一臉疑惑，乾脆站在遠處看我們。

沐川顫聲道：「宿宿，妳不恨我嗎？」

「不恨。」我幹嘛恨你，我還指望你能把放我出去。

「妳的傷還疼嗎？」

「不疼。」放我走吧放我走吧。

沐川神色凝重，想了很久，才牽起我的手道：「那我們回去，我有很多話想跟妳說。」

我凌亂了，心中默默吐了口血。

回到清淵家中，花花正坐在大門口，百無聊賴地拿著樹枝在地上畫圈圈，進出的下人飄來飄去。

「花花。」我藉機甩開沐川的手，朝她奔去。

「姐姐。」花花疾奔過來，纏住我的手，「我們快點回去，我想通了，我要跟塵哥哥坦白，然後回去三年前。」

沐川一見，扯住我的右手，瞪眼道：「不許走，我殺了妳這隻小妖！」

「不要。」我一掌揮開他的手，心又猛地一跳，拔老虎鬍鬚了。

「放肆！」清淵沉聲喝道，冰掌襲來，倒是被沐川攔下了。

「除了我，誰也不能動宿宿。」他抓著我右手不放，說道，「宿宿，這次我不會再放妳走，一步也不會讓妳離開。」

我還以為我得救了，原來是掉進另一個坑裡。

「姐姐，我們回去。」

「不許走，宿宿。」

左右耳好像住了兩隻麻雀，我被吵得受不了，甩開他們兩個，「夠了，都不要煩我！」

我怒氣沖沖地往鬼門方向走，臨走時瞪了瞪兩人，花花一縮，不敢上前；沐川也猶豫著未邁步。我心裡暗喜，這兩人，非得讓人生氣才聽話。

清淵忽然伸手擋住我的去路，冷臉道：「君上沒有讓宿宿姑娘離開。」

……你去死！

被「押送」回清淵的大宅後，我便黏著花花，幾次沐川欲言又止，看我的眼神越發哀怨。如果是平時，這麼一位俊美男子主動向我示好，我指不定會先撲倒對方。只是接觸越多，恐怕我不是宿宿的事，他會更快知曉。而我絕不是他的對手，這點在一千年前我就清楚了。

月亮升上天穹，過了今晚，就剩四天了。花花回房睡覺，我卻毫無睡意，蜷在床上看著窗外的明月。

心中默默策劃著逃跑計畫，不但我要出去，還得帶上花花。這個任務艱鉅無比，我長長嘆了口氣。

氣一嘆出，便聽見屋內傳出另一聲嘆息。

我驚了驚，立刻起身，「誰？」

「宿宿，是我。」

一縷月光傾瀉在來人身上，銀髮被映照得閃著光彩，本就白皙的臉更有種說不出的邪魅，我不由得吞了吞口水，然後……往裡縮了縮。

大半夜一個男人跑到女人房裡來，肯定沒好事……

沐川眼眸含笑，向我走了過來，音色如滴水擊泉，「宿宿，妳看我帶了誰來？」

我探了探頭，鴨子……

「妳看，我把ㄚㄚ照顧得多好。妳走後五年，牠也死了，我便把牠帶到這裡來。今天在牆外見了妳，ㄚㄚ忽然跑了出來，我只當妳身上有仙氣，ㄚㄚ誤認，沒想到真的是妳。」

沐川說得一臉輕鬆，聲音卻微微在抖，撫著鴨頭的手也在顫著。

我心中不忍，但是對那鴨子著實無愛，要是大半夜一隻鴨子在妳床上蹭來蹭去，想心生憐愛也難！

「好可愛的鴨子。」

本神君豎起兩根指頭起誓，以上純為違心話。

沐川撫了半晌，默不作聲，我也不知他在想什麼。許久後，他才抬頭看我，猛地探身過來，「宿宿，我知道妳已經忘了我，上神那些老混蛋，到底對妳做了什麼……妳原諒我好不好？我當年不該騙妳，不該利用妳，也不該對妳出手……」

我嘴角抽搐著，你到底做了多少對不起「宿宿」的事？那位姑娘還真可憐。不過現在可憐的是我，得聽他嘮叨往事。

我不知道宿宿是誰，我只知道沐川在神鬼大戰時，把我傷得魂飛魄散。

沐川越說越激動，臉幾乎要貼了過來，「宿宿，我們成親吧。」

「啊？」我愕然，尷尬地訕笑道，「那個……你也知道我不記得你了，那喜歡你的感覺，也早就消失了。我覺得我們應該……」我緊皺眉頭，想了想，眼唰地一亮，「培養培養感情！」

沐川若有所思地點點頭，正襟危坐在一旁，應聲道：「的確是。」

見他往我旁邊挪了挪，逼得我貼在牆上，瞪眼道：「你幹嘛？」

「培養感情啊。」沐川認真道，「以前我們就是這麼窩在床上聊天，宿宿妳又忘了。」

……誰說沐川是個大色魔的，根本就是個童心未泯的未成年！

我狐疑道：「聽說你喜歡年輕漂亮的女孩子，然後玩膩了就殺掉。」

沐川失色道：「那不是我，是別人。」

「誰敢冒充鬼王？」

沐川一頓，抿嘴不語。

我看著他俊美的臉龐，怎麼樣都比我年幼些，而且推算到一千年前的話，宿宿該不會是戀童癖吧？

我小心翼翼地問道：「你多大了？」

「今年剛好一千七百歲。」

七百歲，真的是孩童，沒想到那宿宿也是個重口味。雖然以他現在的樣貌，在孩童時必定水靈粉嫩，但也只是個孩子啊。

我搖頭嘆著，驀地又一怔，偏頭盯著他，「你不是鬼王，你不是沐川。」

據資料記載，鬼王沐川如今應有三千歲了，正值年輕之時，怎麼會是少年。

「沐川」一聽，臉色陰鬱不定，又搖起我的肩，「宿宿，我好不容易長大了，為什麼妳還是只記得我兄長！妳說等我長大就嫁給我的，可是妳卻全忘了，只記得兄長！」

我的天，這傢伙真的不是沐川，不過我也沒表現出記得你兄長的樣子啊，這孩子太敏感了吧。

「我討厭妳！」他鬆了我的手，坐在一旁悶聲道，「妳不記得丫丫，不記得我，偏偏記得我兄長。」

我無奈道：「我什麼時候說記得你兄長了？」

他質問道：「如果不記得，那天在鬼門時，妳為什麼看著我的臉喊他的名字？」

因為你哥差點把我的魂魄震碎啊！

我無比怨念地在心裡嘀咕著，片刻又反應過來，問道：「如果你不是沐川，那真正的沐川又去了哪裡？」

他身子一轉，傲然道：「不告訴妳。」

果然是個孩子啊……我露出柔柔微笑，恨不得塞塊糖進他的嘴裡，柔聲道：「來，告訴我吧，我想知道。」

「啊啊，又把我當小孩哄。」

那你就表現出大人的樣子啊！

又哄了他一會，才見他撇撇嘴，接著說道：「我叫沐音，是王族的二公子。但因身體自小孱弱，兄長又是千年難見的王者之材，所以外人只知有他，不知有我。神鬼大戰後，兄長受了重傷，在他醒來前都由我暫代王位。」

我了然地點點頭，難怪神界一直沒有鬼王換人的消息。在神鬼大戰後，如果讓敵方知道首領已死，可能會帶來毀滅性的入侵。

何況，和鬼域不和的，可不止神界一方。

「你兄長何時才會醒來？」

沐音搖搖頭，頹然半晌，才試探性地問我：「妳不記得兄長是怎麼受傷的了？」

很好，又跟宿宿扯上關係了。我聳聳肩，「不記得了。」

「我也不知道你們是怎麼回事，那年我佯裝跟妳打鬥，後來兄長就怒氣沖沖地襲向妳，可是見妳要掉入屍骨河，卻又跑去救妳。然後你們就一起掉進……宿宿妳怎麼了？」

我的頭好痛，就像一枚銀針從頭頂刺入，痛得眼淚都快掉下來。

「宿宿，宿宿！」

如果我有力氣，一定一掌把他打暈，別在我頭痛欲裂時在我耳邊亂喊！

眼前突然一黑，我徹底暈了過去。

一夜無夢，我卻睡得不好，只覺心口煩悶，壓得我睡不安穩。早上睜眼一看，只見ㄚㄚ正趴在我心窩上看著我，一雙黑不溜丟的眼炯炯有神，我差點沒氣暈過去，「喂，你再不走，我就把你燉湯喝掉。」

「嘎嘎。」

……神和動物是沒辦法正常溝通的。

我伸手把牠抱到一旁，起身捶了捶肩，披上衣服下床。

沒想到昏睡一晚，骨頭就生硬得不得了，一定是我平時運動太少的緣故。

循著花花的氣息，一路走到涼亭，花前樹影，斑駁交錯在清淵和花花身上，寧靜而美好。我默默感嘆一聲，身後已冒出了驚呼，「宿宿！」

聽到這聲音我嘴角一抽，緩緩轉過身，面無表情打了個招呼：「嗨。」

沐音跑到我面前，握著我的手眉頭緊皺，「臉色怎麼還這麼難看？看來我得好好給妳補補身體。一睡就睡了四天，我看呀，妳……」

「什麼？四天？」明天就是執行任務之時，不能再拖下去了。

花花也跑了過來，一把抱住我，「姐姐，妳終於醒了，花兒擔心死了。」

我朝她使了使眼色，過了明天如果還不能出去，咒術無法施展，那任務也就失敗了。

花花的小臉幾乎皺了起來，似要哭，扯了扯清淵的袖子道：「清淵哥哥，快幫姐姐看看，她眼睛是不是出問題了。」

啊，老天，請給我一刀吧！

清淵瞥了我一眼，淡淡道：「沒什麼毛病。」

我們幾人正嘰嘰喳喳說著話，一個下人跌跌撞撞地跑了進來，驚慌道：「君君君上大人，有人闖進來了，我們攔不住！」

清淵神色瞬間結冰，快步往門外走去。

「是塵哥哥。」花花的臉色也變了。

不得不說，劍塵來得真不是時候，我要帶花花出去已經極為困難，現在要保他周全，更是難上加難。

走到前院，見到那一身蓮青色，確實是劍塵無疑。

幾日不見，那眼裡的滄桑又添了幾分，見他衣著略微凌亂，想必這些天都在找花花。

我心中一動，他既然能進來，也就是說，鬼門已經重新打開了。我掩飾著內心的激動，開始思索要怎麼帶他們離開。

花花見了劍塵，邁著步子往他走去，「塵哥哥。」走了兩步，卻被清淵攔住。

劍塵手握長劍，定睛在清淵身上，「你是那日被玉兒捉回來的鬼怪？」

「是又如何？」

兩人聲音肅殺冰冷，恐怕不用說兩句，就得打起來了。

我倒是希望他們混戰一場，我便能拖著花花乘機逃出去了。沒想到花花卻緊拉住清淵，執拗道：「不要傷塵哥哥。」

我真心嫌棄花花了，暗暗抹了把淚，上前道：「花花雖是妖，但鬼域絕不適合她長住，清淵你也清楚吧？」

清淵看了看我，眼中帶著陰冷，「看來神君並沒有不適，請在寒舍多住幾日吧。」

反正就是不讓花花重生就對了……

沐音一聽，極認真地點頭，「大祭司所言極是，宿宿妳就留下來吧。」

我白了他一眼，「你安靜！」

「噢。」沐音低頭不語，抓著我的手沒有鬆開，「記憶沒了，脾氣還是這麼大。」

劍塵看了花花良久，又看看我，緩緩收起劍，說道：「神君在這裡住幾日無妨。」

我在他臉上巡視了一圈，說道：「你是怕花花回去，會替白玉承受那劫數，所以不願她重回三年前？」

劍塵微微意外，花花的音調裡已有了怒氣，「塵哥哥，花兒告訴你，當年花兒沒有被鬼魅奪取靈氣，是花兒自己散了靈氣。只要我回去，就能阻止玉姐姐離開，她也不會中屍毒了，你們便能一起成仙。」

劍塵平靜道：「玉兒知道，我也知道。」

我吃了一驚，我只猜到劍塵應該知情，沒想到連白玉都⋯⋯

花花也怔了半晌，「你們知道？」眼淚驀地落下，哽聲道，「那為什麼不責怪花兒？」

劍塵眸子微垂，聲音依舊平緩：「妳想留我們，我們又何嘗不知。妳身上並沒有鬼魅攝取靈氣後的傷痕，必然不是他人所為。只是那日妳靈氣盡散，玉兒急於趕往鬼域尋往生花為妳療傷，誰想在鬼林中吸入屍毒，化了魔，我只好殺了她。臨死前她讓我好好照顧妳，成仙一事，暫且擱下。」

白玉竟是劍塵所殺，我心口也覺疼痛，殺死摯愛之人，恐怕是世上最殘酷、最痛心之事。劍塵知道花花若回去，不是白玉難逃劫難，就是花花違逆天命。花花若死了，存活下來的人想必也是痛徹心扉。

「塵哥哥對不起，玉姐姐對不起，花兒以後再也不會任性了。」

花花蹲在地上掩面而泣，淒涼悲傷的哭聲飄散四周。

我伸手在她額上印了一指，讓她安睡過去，否則靈氣因悲痛渙散完，她會魂飛魄散的。

「劍塵。」我將花兒交給清淵，起身盯著他道，「你不願讓花花回去，你所練的輪迴咒，難道就不是逆天之術？」

劍塵詫異地看著我，又收回眼神，默然不語。

我冷笑道：「我第一次見到你時，便奇怪你為何要修煉這種禁術。直到花花說了白玉的事，我才明白，你不想白玉死，不想花花死，所以選擇了以自己的命來阻止那場劫數。只是你忘了一點，你們三人相依為命百年，戀人也好，親人也罷，已是命運共同體了。你若死了，她們怎麼辦？」

劍塵聽言，更是疲憊，「不如此，我又能如何，看著花兒死嗎？」

我抿了抿嘴，話已到嘴邊，卻不能說。我是神界的神君，是旁觀者，不能言語太多，即便……是看著他們三人生死離別，也絕不能干涉半句。

我討厭這種感覺。

沐音蹙眉說道：「宿宿，即便重生，你們神界也不能改變鬼域之事吧。」

我差點沒抱著他親一口，點頭道：「當然，即使神界將外面攪得天翻地覆，也絲毫影響不了你們。」

沐音清澈的眸子亮了亮，「說來說去，白玉那劫數，不是在我們鬼域發生的嗎？那幾日我們將鬼門關住，白玉進不來，劫數自然就化解了，三個人都不用死。」

年輕人的腦袋就是好，而且長得又俊美，我真想把這嫩草打包帶回神界去。

沐音又轉向清淵，「這樣對鬼域是否會有影響？」

清淵思索片刻，說道：「無妨，只是事關神界，如果讓其他人知曉，可能會有異議。」

沐音眼眸微閃，沉思半刻道：「那以我賀壽為名，關城門三天。」

「可行。」

我鬆了口氣，劍塵卻仍緊皺眉頭，現在誰也無法預測結果，如果再出錯，死的就不知道會是誰了。一旦花花回去，他也會重新落入三年前，那個不知曉後事的普通人。

無意間，我們似下了一個極大的賭注。

我本是個旁觀者，卻不知為何也緊張起來。

但願一切順利吧。

雖然已經決定這麼做了，但在沒有得到結果前，仍然會不安。花花晚上醒來後，劍塵就將事情原委告知她，並讓她在重生後不必太過強求。

我在屋外聽了半日，沒有進去，神界的規矩便是如此，如果插手太多，就是亂了世間自有的定律。做了幾百年的職位，才發現自己第一次陷入了故事中。

沐音來尋我時，我正和浮雲在樹梢上聊天，察覺到他的氣息，浮雲立刻躲回我袖口中，藏身不出。我偏過頭，只見一身銀白色，襯得月色都黯淡了，「沐音啊。」

「宿宿妳在上面做什麼？」

「曬月光。」

「我也要曬曬。」

我往樹幹裡挪了挪，給他空了個位置，有美男勾搭，何樂而不為？況且還是暫代的鬼王，打好交道了，以後有什麼要辦的事也方便。反正我已經失憶了，毫無被揭穿的壓力。

誰想那傢伙剛坐下，就將鴨子變幻出來，放在我懷裡，「宿宿，自從妳走後，我兄長又閉關，ㄚㄚ就一直不愛說話。現在妳回來了，妳看ㄚㄚ多開心。」

我嘴角微抽，這鴨子真是怎麼看都難看，毛色也不純正，黑的白的還有褐黃色，一看就是雜牌鴨。我故作喜歡地摸了摸牠的羽翼，道：「清淵好像喜歡花花，要是一切順利，劍塵和白玉做了仙人，你就讓花花住進鬼域來吧。」

有個人陪著，總比她自己在外頭瞎晃好。只要吃多點鬼域的食物，相信很快就能適應鬼氣。

「只要是宿宿說的，我都答應。」沐音點頭道，「宿宿也會留下來吧？」

「嗯。」我最近老是做騙小孩的勾當，明天施法完，我會立刻找機會回去。只要出了鬼域大門，要想攔我，絕不是件簡單的事。

第七日，終是來了。

我們一行人往大門走去時，沐音還纏著我左手，深怕我一出去就不見了。我盡量故作輕鬆地和他說話，不讓他察覺我的想法。

一出大門，花花便拉住我道：「姐姐，開始吧。」

劍塵又囑咐道：「記住，如果計畫中出現偏漏，千萬不要強行改變，我和玉兒已經將妳當作家人了，不可枉顧自己的性命。」

花花點點頭，笑道：「花兒定會保護好自己，絕不違逆天命。」

我多看了她兩眼，誰都知道這句話的可信度一點也不高。

沐音又扯了扯我的衣袖，「宿宿，一定要回來，不然我會恨妳的。」

我嘆道：「我一個小神仙，怎麼敢得罪鬼王大人。」

這麼一說，果然見他開心起來，如果不是我擋住他湊過來的臉，估計要被他偷親一下了。

花花聽劍塵說完，又轉向清淵，「清淵哥哥，記得關大門喔。」

看到清淵的臉色未有變化，輕輕應聲，我又默嘆花花妳甜言一句以後一定不會吃虧，果真是不懂人情世故的純真少女。

你儂我儂完了，我便拉過花花，伸手在她眉心印了一記，默念符咒。

一股氤氳紅光自她額上溢開，漸漸縈繞於周身，天地光澤晦暗片刻，我已將她送入了時光通道中。

這時，我完全可以乘機逃回神界，但是我卻選擇留了下來，看看花花到底能不能改變命運。

耳畔傳來鳥語飄來花香時，我已置身梨園中。放眼看去，只見花花正往四下看去，似乎在判斷自己是回到了哪個時間點。

等我看到被一條靈鍊鎖住手腕的男子時，花花也正好看到了。

那正是清淵。

這麼算來，離白玉遭逢天劫的日子，還有兩天。待會白玉便會去鬼域尋找往生花，然後中屍毒，劍塵在不得已之下殺了她。

我多想開口提醒，卻只能隱沒在天穹中，看著花花一人努力。

此時花花緩了緩神，走近梨樹下，仰頭喚了聲：「清淵哥哥。」

清淵緩緩低頭，看著她蹙眉。此時我的身旁掠過一陣寒風，直竄向他，那是意識之風，想必是三年後的清淵，將他的記憶送回來了。

如果記憶回來，等他關了鬼門，就皆大歡喜了。我長長鬆了口氣，誰想那寒氣未到，就見清淵抬手一拍，把寒氣拍散了……

我差點吐血倒地，以他的性格，對不明來襲的東西，的確會這麼做。但這樣一來，計畫或許會亂。

花花見他不搭理自己，又道：「清淵哥哥，花花現在就放你走，記得回去關大門哦。」

清淵看她的神色越發奇怪，見她要爬上來，冷聲道：「滾，否則我殺了妳！」

我扶額，花花也是一愣，看了他許久，臉色已經變了，顫聲道：「清淵哥哥，不管你現在記不記得花兒，花兒求你回鬼域把門關上。」

清淵仍冷冷地盯著她，似乎對她的話感到極其厭煩，最後索性閉起眼睛，不再看她。

眼見天色漸暗，似乎時限將至，花花忍著淚，哽聲道：「我把七十年的靈氣給你，你只需回去找鬼王，他定會囑咐你關鬼門的。你是大祭司，關鬼門需要你同意，所以求求你，回去鬼域吧。」

清淵終於睜開了眼，眼底發寒，「妳怎麼知道我的身分？又在胡言亂語什麼？」

我嘆了口氣，依他的性格，要信任一個人，根本是不可能的事。

「宿宿妳怎麼又嘆氣了？」

耳邊一聲脆音，著實嚇了我一跳，偏頭看去，是沐音和清淵。我顧不得他，忙問道：

「清淵，再散一道記憶。」

清淵默了默，說道：「不必。」

「為什麼？」

「三年前的我相信她，現在重新開始，也是一樣。」

花花此時已經有些虛弱，連日奔波令她形體逐漸渙散，見求他不動，終於說道：「那我直接去找鬼王，他總不至於忘得一乾二淨。」

身子還未動，清淵已說道：「難道妳不知道鬼域是什麼地方？鬼王素來喜歡吸食女子血氣，妳去，不過是送死。」

「花兒不怕，只要能救玉姐姐，就算要花兒死，也無所謂。」

說罷，就跳下樹幹，往鬼域跑去。

清淵頓了片刻，一手砍斷靈鍊，飛身下去，攔住她道：「妳說鬼王會讓我關鬼門，若這不是真的，妳的命，任憑我處置？」

花花抬頭看著他，目光毫不躲避，「是，如果是假的，花兒的命，隨時等你來取。」

這一刻連我也不禁屏息，明明是一隻修為不到百年的小妖，卻能這樣直視鬼域的大祭司，眼中毫無畏懼。

清淵默了許久，才道：「好。」

一字落下，人已化作清風，轉眼即逝。

我忙隨著風向而去，一直尾隨到鬼門，沒有進去。過了半刻鐘，見鬼門緩緩關上，我總算放下心來，差點虛脫了。

沐音在一旁笑道：「宿宿，妳的額頭都冒汗了。」

我笑了笑，伸手抹去。

「啊，怎麼關門了？」

「那明天再來。」

我低頭看去，身著蓮青色衣裳的男子，旁邊站著一位鵝黃色長裙的秀麗女子。她看了看手上的淨化瓶，無奈地搖搖頭，「改天再把這隻鬼送去渡忘川吧。」

「玉姐姐！」

此時花花已追到門前，見了兩人，立刻抱住他們。只是她人小手也小，這一攬，倒把兩人攬得極痛苦。

白玉苦笑道：「花兒呀，我們只是出來兩天，妳怎麼一副生離死別的模樣？」

花花哭道：「玉姐姐，你們要成仙就去吧，花兒會照顧好自己的，你們不用擔心。」

白玉臉色微變，瞪著劍塵道：「是不是你告訴花兒的？」

劍塵無奈地搖搖頭，「不是。」

「不是塵哥哥，是花兒自己猜到的。你們不用擔心，花兒已經會照顧自己了。」花花抹去眼淚，擠出一個大笑臉，「塵哥哥沒事，玉姐姐沒事，只要你們都在，花兒永遠都會開心。」

白玉笑了笑，摸著她的頭道：「知道花兒乖，我們會將妳安頓在一個更好的地方，才能安心飛仙呀。」

花花終於露出真切的笑，左右挽起他們的手，「塵哥哥，玉姐姐，我們回家吧。」

看著他們三人漸行漸遠的背影，我還有些恍惚。

塵哥哥和玉姐姐，定會在一起的。

我突然想起第一次見面時，花花所說的這句話，頓覺眼眸濕潤，不忍再看。這種斷言，上神不願說，我不敢說，偏偏這弱小的桃花精一直堅信著。

我伸手替白玉算了一回命途，劫難已經過了。

只願他們從今往後一切安好，雖然我不知道花花今後會如何，以她善良的性格，或許會吃很多苦，但也會得到更美好的果實吧。

「宿宿。」

沐音的聲音又突然響起，我差點沒摔下去，光忙著感動人間真情，忘記逃跑了！

我訕訕轉過身，擠出一絲笑意，「我們回鬼域吧。」

沐音頓了一下，眉眼充滿笑意，「宿宿妳真的要跟我回去嗎？」

「是。」瞥見清淵那清冷的表情，我就知道這傢伙一點也不相信。如果是單獨面對他一個，我倒是一點也不擔心。

此時鬼門近在眼前，只需十步，我就能逃走。邁開第一步時，我在心裡默念起咒術，步步生蓮，仙氣斂在腳下。走完那十步，我輕喝一聲，十朵紅蓮騰飛而起，築起漫天紅色花陣，陣法瞬間籠在他們周圍。

沐音木然地看來，紅色火光將他的臉映照得殷紅，喃喃道：「宿宿，妳為什麼又騙了我呢……」

我顧不得沐音的哀怨之聲，見清淵掌中飛出冰魄，立刻將半數仙氣注入紅蓮中，鞏固陣法。手中一收，獨剩紅蓮支撐，轉身往天穹飛去。

那冰碎之聲不斷傳來，聽得我心中驚懼，聚氣於掌，指向天穹，「通天路口，開！」

蒼天裂開一道縫，照亮了一方大地。

又是這種逃生的逼迫感，在鬼門時如此，在通天路口又是如此，手已透過雲層，身子卻動彈不得。往下看去，一條鐵鍊正纏在腳踝上，鐵鍊的另一頭，握在沐音手中。

蓮花陣雖未破，卻多了一個窟窿，從這裡正好能看見沐音的神色，冷酷而無情。我驀地想起當年一掌震碎我魂魄的沐川，此時才覺得，他們果然是兄弟，連神色都相差無異。

我俯身以仙氣為刀，想斬斷那鐵鍊，寒氣襲來，手已經被凍僵了，冷入骨髓。

逃不掉了，難道真的要墮入鬼域嗎？

心中充滿絕望之際，黑影掠過，只聽啪一聲，腳上力道頓無，腰間被攬住，往上騰飛而去。

「宿宿——！」

沐音厲聲一喊，我已穿過雲層，通天路口瞬間閉合，與人界完全阻隔。我驚得冷汗直落，癱在那人身上許久，悶聲道：「你怎麼會在三年前的時空？」

勾魂的手沒挪開，音調依舊平靜：「察覺到妳的仙氣停在鬼門外，因此一直在外面等妳，看到你們來三年前，就跟了上來。」

我捏著他的手指頭，把他的手挪到一旁，看也不看他。

緩緩往家裡走去，勾魂默默跟在後面，不近不遠。

路過翠竹林，聽得那麻將劈啪碰撞的聲音，我晃了晃腦袋，很好，去找個人送我回家。

如果不是怕困不住沐音他們，我也不會用極耗靈力的紅蓮陣。仙氣大傷呀，而且還是在我十幾天沒吃肉的情況下。

也不知是哪顆石頭擋了道，腳上一勾，身體已往前傾去，只覺天地都在旋轉。在我暈過去的前一刻，看到勾魂雙手探來，我立刻想完蛋了，要是這傢伙把我從翠竹林抱回家去，不知道會被其他人說成什麼樣了。

本神君的命怎麼這麼苦！

這一覺睡得並不安穩，總覺得有人在喊我，但就是醒不過來。在蒼茫的夢裡尋著不知何處而來的聲音，摔得鼻青臉腫。

我長嘆一氣，慢慢睜開眼，江湖那張俏臉幾乎貼在我鼻尖上，「江湖，你是打算趁我睡著時把我清蒸了，還是油炸了？」

江湖連忙跳離我三丈遠，往旁邊說道：「勾魂，我看你這鄰居，再過一千年也沒人敢娶，脾氣這麼差。」

我一頓，狠狠坐起身，扯著被子瞪他，「誰讓你進來的？」

勾魂配藥的手沒停，也沒偏頭，倒是江湖坐了下來，搖頭道：「妳啊，真是沒心沒肺，妳暈倒在翠竹林，是勾魂把妳背回來的。」

我撇了撇嘴，推推江湖，避開話題道：「我餓了，給我做點吃的。」

「好好，遵命。」

江湖一走，我躺了下來，聽那石杵搗藥的聲音，又爬起身來，坐在床沿看著勾魂，還是那張不苟言笑、冷峻的臉。趕他不走，我也懶得開罵，扯了扯被子，準備徹底無視他。

一躺下身，感覺袖口有異物，抬手甩了甩，滾出了一顆……蛋。

我瞪大眼，戳了戳殼，沒動靜，轉身問：「勾魂，這是哪來的？」

勾魂走了過來，看了片刻，眸子微縮，「剛才以為妳身上有鬼氣，是因為去過鬼域的緣故，原來是它。」

見他拿起，好像要丟掉，我驀地想起那隻雜毛鴨子，一把奪了回來，「這是我的，我自己丟。」

勾魂看了我良久，緩緩道：「趁新鮮，炒了吃了。」

我齜牙道：「炒了你好不好？」

咦，怎麼感覺有點奇怪，我和勾魂是在拌嘴嗎？我收回眼神，推了他一把，「出去，我要換衣服。」

勾魂應了聲，將藥末倒在碗裡，兌了水遞給我，「喝了。」

光看那藥我就覺得舌頭發苦，只是如果我不喝，恐怕他也不會走。只好接過碗，一口飲盡，差點沒苦得把舌頭剁了。

我看著他遞來的杯子，視線卻定在他手上，指骨微凸，沉穩有力，光看就覺得安心。

「茶。」

我仰頭喝完，把碗和杯子都塞給他，「好了，快出去。」

指尖劃過嘴角，勾魂的聲音毫無波瀾：「吃個藥也能吃到嘴邊。」

我嘴角抽了抽，抱著鴨蛋背過身去，直到聽見關門聲，才又轉了回來。

重生，妳要穩住啊，這是溫情牌，妳要是回頭了，就準備被生吞活剝吧。

我一邊告誡自己，一邊看向懷裡的鴨蛋，伸手將它四周散開的鬼氣斂起，渡了仙氣給它，不久便見蛋殼破裂，跑出一隻小黃鴨。我正感慨這小鴨子可愛極了，卻不料牠越長越大，徹底恢復成原本那隻雜牌鴨。

我有些嫌惡地道：「你什麼時候跑到我袖子裡的？這裡是神界，你一隻鬼鴨子跑上來，不怕他們把你做成烤鴨啊。」

丫丫探了探脖子，小小的眼裡毫無懼色，脆聲道：「嘎。」

很好，我不能送牠去鬼域，也不能真讓人把牠宰了，於是我只能把牠當寵物養著，每天渡點仙氣給牠，讓牠生龍活虎地在神界溜達。

於是我又成了神界奇談。

因為，別人養狗養貓，甚至養隻寵物豬，我卻是養鴨子……

這日打了幾場麻將，輸得我月俸全無，不禁跺腳道：「你們幾個太沒良心了，竟對一個大病初癒的人痛下殺手。」

種田君嘆道：「重生，注意牌品，有賭必有輸贏，妳平時也贏了不少吧。」

穿越君笑道：「這麼多女神君裡頭，只有妳最愛賭錢了。看看女尊君，她從來不賭。」

聽到女尊君的名字，我心頭一個咯噔，說道：「那我也不玩了，以後都不玩了。」

末日君搖頭道：「妳這丫頭，怎麼說兩句就發脾氣了。難得空閒，快點坐下再打幾場，說不定待會又得去做任務了。」

我們三人一聽，集體瞪了他一眼。

我的牌越摸越差，思緒已經飄遠了。女尊君，神界的頭號美女，還是大祭司，氣質出眾傾國傾城。不過對於不費吹灰之力就搶走自己另一半的美女，我實在喜歡不起來。

雖然我不知道是勾魂先喜歡上她，還是她介入我們之間，但毋庸置疑的是，因為她的出現，我和勾魂之間的情愫煙消雲散。

想到這裡，越發覺得勾魂渣得很，我還差點又動心了，懸崖勒馬呀重生！

末日君摸牌的手猛地一頓，神色肅穆，抬頭道：「有殺氣。」

我們三人一凜，立刻站起身，步子還未邁開，那悠悠的慵懶之聲就傳了過來：「諸位神君安。」

我們硬著頭皮轉過身，訕笑道：「任務君啊，真巧。」

任務君板起臉道：「不巧，我就是來找你們的。」

我們四人面面相覷，眼下這一桌，最有可能去做任務的，就是我和穿越君了。

「不知道任務君找誰？」我們咽了咽口水，死命盯著他手上的玉牌。

任務君說道：「穿越君。」

穿越君無奈地接過玉牌，我們三人當即鬆了口氣，連忙道賀。

任務君忽然俯身，塞了一塊玉牌給我，正色道：「還有妳。」

我一臉困窘，其他三人卻忍不住笑了出聲。

「小任務，沒弄錯吧，我病剛好耶！」

任務君點點頭，「待會你們一起走。」

「為什麼？」我和穿越君異口同聲地問道。

「因為，你們要去的，是同一個地方，同一間宅子。」

很好，又是一個奇葩家族，我搖搖頭，轉身繼續打麻將。

「重生君，為什麼妳的手還放在麻將上？」

「再搓十八圈啊，這一去又有七天不能……」

背後一道視線射來，聲音清冽：「嗅，看來重生君清閒得很，等妳回來，我幫妳多找幾個任務。」

我立刻站起身，挽著穿越君的手正色道：「……什麼麻將，讓它隨風去吧！我一定會出色地完成此次任務，肝腦塗地，死而後已！」

「嘎。」

……ㄚㄚ，我要把你燉湯喝掉！

第五章　奇葩的任務

林家，先祖曾是開國將領，後代武將、文人輩出，先皇倚重，群臣敬重。到了林正嶽這代，雖然沒有為官，但經商手段高明，又獨攬了皇家的布匹、膳房食材，因此可說是富甲一方，在朝廷裡有一定的影響力。

林正嶽有一妻三妾，共育有一子三女。

我飄在浮雲上看著資料，問旁邊的穿越君：「林家的資料可真多，你讀完沒有？」

「好了。」穿越君點點頭，闔上本子道，「我覺得林家勢必會有一場惡鬥。」

「為什麼？」

「雖然林家正妻過世了，但是留下一個十八歲的女兒，驕橫無比。三夫人生了林家唯一的男丁，自視甚高。四夫人早早去世，生了個女兒，雖是庶女，卻最得林家老爺疼愛。」

我應聲道：「豪門大院向來是非多，每個子女為了受寵得勢，明爭暗鬥必不可少。」

驀地抬頭說，「二夫人呢？」

「二夫人當家，但性格並不強勢，雖然也有個女兒，但這沒有什麼，可是……」穿越君搖頭嘆道，「待會就有什麼了。」

我恍然道：「要穿越的，就是那二夫人？」

穿越君嘆氣，「對，而且還是從廿一世紀穿過來的活魂魄。我看她被雷劈死前的資料，也是個貪財之人，恐怕她得到了二夫人的身體和身分，會費盡心思奪取家產。」

「三個女人一臺戲，我喜歡。」我樂得兩眼發光，拍拍他肩膀道，「穿越君，快去快回，就等著你帶她回來開戲了。」

「最毒婦人心啊。」穿越君長嘆一聲，瞬間消失在蒼穹中。

我正想確認一下自己的任務對象是誰，忽然飄來一股熟悉的氣息，連忙收起本子，探頭往下看，正是勾魂。

流年不利啊，最近出任務總是碰見他。不對，是他怎麼老是跑我身邊來！

我捏了捏浮雲，「喂，見到舊主人就想叛主了嗎？快點離開。」

浮雲倦懶道：「那裡有死亡的味道，一看就是勾魂大人在收魂魄，重生妳這麼一躲，立刻就顯得心虛了。」

我瞇了瞇眼，「你的意思是，本姑娘自作多情？」

不想見到一個人，理由有很多，我惹不起，總躲得起吧？事實證明，躲人也是門技術活。勾魂出現在浮雲上時，著實嚇了我一跳。

我板起臉道：「真巧啊。」

勾魂無比淡定地答道：「真巧。」

我瞥他一眼，「你來這裡做什麼？」

「等穿越君送靈魂過來。」

我了然，想必是等穿越君拿了活魂過來，他就可以把二夫人送走，回去交差了事。心裡頓時暗喜，總算不用跟他一起共事了。

見他眸裡染著淡淡的清寂，我立刻別過頭去，受不了這種眼神，好像我欠他一輩子似的。

「重生，妳真是一點都沒變。」

誰說沒變，信不信我毒舌給你看？

「喜歡逃避，不敢追求自己心中所想。」

我怒了，轉身瞪眼道：「我怎麼逃避、怎麼不敢追求所想了？你見過哪個人能追男人追十年的！」

勾魂無動於衷道：「妳現在還敢嗎？」

「敢啊！」話一出口已經收不回來了，見他一臉上鉤了的表情，我語塞了半晌，伸手推他下去，「明明是你的錯，為什麼老是讓我覺得愧疚？你不覺得這種做法太差勁了嗎？」

「嗯。」勾魂抓住我的手，認真道，「再等等，再等等就好了。」

還要等半年啊，不知道為什麼，心裡有點酸酸的。耳邊飄來疾風，我忙奮力縮回手，往旁邊看去，笑道：「穿越君啊，動作滿快的嘛。」

穿越君聳聳肩，「駕輕就熟的事了。」他看向一旁的勾魂，「來得真早，開始吧。」

勾魂奪魂，穿越君注入活魂，這種事已經配合了不下萬遍，兩人很快便完成了。等到晚上，夠林家折騰的了。

穿越君說道：「勾魂君是等我們一起回去，還是先行交任務？」

我連忙插話：「他留下來做什麼？」

勾魂輕瞥了我一眼，說道：「還有其他任務，我先回去。」

穿越君略感惋惜地道：「好吧。」

勾魂離去後，穿越君就嘆道：「我本來以為三缺一，把勾魂君拉上，就可以湊一桌麻將，沒想到愛賭如命的重生君竟把他放走了。」

我淡淡說道：「他不會打麻將。」

穿越君意外了下，「妳怎麼知道？」

我頓了頓，笑道：「做了一千多年的鄰居，這種事還是知道的。」見他點頭，我微微鬆了口氣，轉念一想又不對，偏頭說道，「三缺一？加上勾魂不是才三個嗎？」

「笨啊。」穿越君揚了揚下巴，一臉高深莫測的模樣，「光用腳趾頭想，就該知道最早來這裡的人是誰了。」

我想了片刻，激動道：「宅鬥君！」

哪裡有宅鬥，哪裡就有他，凡人需要這個框架，就必須由宅鬥君來搭建。

我怎麼沒想到這點！喂，勾魂你回來吧，不會玩沒關係，我讓你五場……

「穿，重。」

聽到這一字一名的叫法，我就知道是宅鬥那傢伙了。他素來一字千金，人前人後都捨不得多說幾個字。

話音落下，一個輕巧的身影從牆壁走出，果真是他。想來我跟他好幾十年沒見了，而且宅鬥君在神界有逢賭必贏的名號，我得乘機多蹭點運氣才行。我蹭，我蹭……感覺沾得仙氣差不多了，我心滿意足地縮回身。

穿越君扶額道：「重生君，雖然宅鬥君號稱神界美男，妳也不用這麼心急吧？」

美男嘛，是大家共有的，偷蹭無罪。

宅鬥君這才說道：「你們的任務是？」

穿越君回答：「二夫人。」

剛被勾魂亂了思緒，還沒來得及看，我只好去找冊子，見落在地上，拾起翻至最後，說道：「四小姐林煙。」

穿越君微微蹙眉，「林煙雖是庶女，但因為性格和興趣都和林老爺最相近，林老爺最疼愛的就是她，照理說不會受什麼委屈，怎麼這麼想重生？」

我無奈道：「誰知道呢。」見宅鬥君一點也不意外，我問道，「你知道林煙為什麼想重生嗎？」

宅鬥點頭道：「吃貨，胖子，被退五次婚。」

……真是個可憐的孩子。

資料上說林老爺從小就是個喜歡吃的人，從商之餘就是搜羅和品味天下美食，在林家待遇最好的下人，就是廚子。跟著這麼一個爹，想不吃胖都難，不過被退婚五次，對封建環境下的女子來說，的確夠打擊了。

穿越君問道：「宅鬥君在林家化作凡體了嗎？」

「有，護院。」

「這個身分好。」我轉問穿越君，「你是要化凡體還是在一旁看戲？」

「看戲吧，反正也沒我的事了，只要確定二夫人適應了這裡，我就可以回去了。」

我托著下巴細想片刻，腦子裡閃過靈光，「我就做林家的表小姐好了。」

穿越君看了我半晌，吐氣說：「重生君，妳該不會是想乘機蹭吃吧？」

「穿越君你太不可愛了。」我輕哼一聲，躍上林家最高處的屋頂，念了惑心咒。白光輕輕灑落在每一間廂房和院落，如晨光霧靄般淡去。我拍了拍手，大功告成，明天一早，就會多出個三年前因家道中落前來投奔外祖母的楚小姐了。

美食離我不遠啦！前陣子光吃素，折騰死我了，正好藉這個機會大吃一頓。

我放眼看去，挑了個西廂房，林煙就住在那裡。而且以我外人的身分，本來就該住在西廂房，一點都不突兀。

經過林煙房間時，我起了好奇心，鑽進她的房內。

房內布置和一般大家閨秀相同，沒有特別之處。到了床邊，卻不見有人沉睡，半夜三更的，上茅房了？

過了一會，門被推開，走進一個人，不知道是在吃什麼，嘴裡嘖嘖有聲。

果然是吃貨啊，大半夜的跑去找吃的了吧。我搖搖頭，撩開簾子走了出去，等看清眼前人，頓時愕然。

臉已經沒有下巴可言，眼睛雖烏黑有神，卻被擠得只剩一條縫隙。如果非要我找個讚美的地方，可能就是膚色白中透紅。

我咽了咽口水，連忙側身讓她過去。

她剛爬上床，就聽見木床吱呀一聲，我的心也跟著跳了一下。

林煙沾枕即睡，看起來也是個安靜的人。我思索了片刻，依照林家財勢，就算林煙再怎麼圓潤，找個夫家也不是件難事，被退了五次婚，到底是她的問題，還是另有隱情？

我伸了個懶腰，閃回自己房裡，明天就是任務開始的第一天。

早上還未起身，就聽見外面亂作一團的吵鬧聲，我洗漱穿戴整齊後，才推門出去。現在的我，是一位長相清秀、名為楚落的林家表親，我不急不緩地循著人聲走去，攔了一個下人問：「發生什麼事了？」

「回表小姐，二夫人她昨天摔了一跤，丟了魂，什麼都不記得了。請了大夫和道士，還有喊魂的婆子來，道士讓我們在院裡貼上驅鬼符。」

我點點頭：「原來是這樣。」

正說著話，隔壁那扇門也開了，林煙邊走邊打了個響亮的哈欠，見了我，說道：「表姐早。」

「早啊。」我笑盈盈地走了過去，「聽說二姨娘丟了魂，不認得人了，所以大家大清早的就亂成一鍋粥了。」

「哦。」林煙漠不關心，「我們去外面喝早茶吧，長輩的事我們也幫不上忙。」

「好。」我心裡思量著林煙對二夫人沒什麼情分，也不知道那穿越而來的魂魄，會帶給林家多大的衝擊。

一路從西廂走到前廳，眾人雖忙亂卻沒忘禮數，對林煙的態度畢恭畢敬。

「四妹和表姐這是去哪呀？」

我轉過身去，只見一名著藕色裙襬的俏麗女子，狹長又微彎的眼眸給人一種不是好人的感覺。

林煙剛才的漠然頓時全收，笑道：「去外面喝個早茶，大姐也一起去吧。」

我了然，林家嫡女林然啊。

「哎喲，外面的茶點那麼油膩，還是算了吧。」林然微帶嫌惡，又笑如星河，「不過對四妹來說，應該不算什麼。」

換作是我，早就掀桌了，林煙卻還是笑著，好像根本就不在意，「那煙兒先走了。」

林然挑了挑柳眉，「去吧。」

出了林家大門，林煙仍是笑不離嘴，卻看得我彆扭極了，說道：「林然分明在嘲諷妳，虧妳忍得住。」

「大姐說的是事實嘛。」林煙不以為然道，「如果每個說我的人我都記在心裡，那我腦袋裡不就塞滿髒東西了？」

我笑了笑，如果真像她表現的那麼坦蕩開心，那她恐怕就不會想重生了。任職近千年，執行過成千上萬的任務，至少有一點可以肯定，每個想重生的人，心裡都有極其痛苦的事。

隨著林煙進了一家客棧中，那掌櫃一見她，便喚來小二：「給四小姐準備上座。」

不一會兒，小二就端上一盆盆油亮的肉食，總共七碟。我那想吃肉的心，頓時降至冰點，誰大清早就吃這麼油膩啊。

「表姐快吃吧。」

我咽了咽，笑道：「最近肚子有些不舒服，小二，給我上碗清粥配些花生仁吧。」

「好勒，請稍等。」

回頭見林煙吃得極歡喜，我忍不住說道：「看林然的模樣，想必妳瘦下來，也是個美人胚子。」

林煙哈哈笑道：「其實煙兒現在也是個美人胖子呀。」

我差點沒被一口茶嗆死，笑笑道：「是啊。」眼眸一轉，說道，「我爹爹因為被同行陷害，弄得家破人亡，我常想，若是能回到過去，一定要勸爹爹小心那人，就不至於落得如此田地了。」

林煙神色微頓，說道：「表姐，事情會慢慢好起來的，妳別難過了。」

我淡笑著：「那表妹想過要重生嗎？」

「有吧。」

「想回到哪裡？」

「八歲。」

林煙六歲時，四夫人去世，她失去了唯一的依靠。八歲時，因為和林老爺性格、興趣相似，成為林老爺最疼愛的子嗣，下人幾乎沒有當她是庶女過。

果然是要回到成為吃貨之前？

「那不是林家四小姐嗎？」

我回過神，見林煙的臉色已經變了，雖然還在吃東西，卻嚼得有些生硬。我偏頭看向樓梯口，四、五名衣著華麗整齊的公子正站在那裡。

其中一人笑道：「容遊兄，你媳婦在那裡，怎麼不過去打個招呼。」

旁人說道：「不是媳婦，人家已經退親了。」

我微微瞇眼看向幾人，那名一臉為難的人，應該就是容遊了。長得雖不是十分俊朗，但也有一股書生之氣。

林煙面色雖然淡定，但是握著杯子的手，卻在抖。

容遊說道：「聽聞南道那裡有家不錯的茶樓，我們換個地方吧。」

也不知是不願自己尷尬還是不想林煙難堪，一行人很快就離開了。我回過頭看林煙，卻見她眼底閃過一瞬陰戾，我不動聲色地喝著粥，暗暗思忖著。

回到林家，就見前院擺起了神壇，道士穿著法衣，搖著銅鈴，口中念念有詞。兩旁站著林家一眾人，連下人們都在。

我和林煙剛進去，那道士就喝了一聲：「孽障，還不快退散！休得在人間作亂！」

只見一柄桃木劍朝我飛來，眾人驚呼一聲，連道士也變了臉色。一名身著灰色長衫的影子掠過，一把握住木劍，穩穩當當，姿勢俊朗無比。

我差點沒撲上去抱住他，宅門君不愧是林家護院，一個帥字了得啊。

道士鬆了口氣，林家眾人也紛紛上前，左一個表小姐沒事吧右一個快請大夫，我沒被道士戳死，也要被他們煩死了。

此時，腦中忽然閃過一個畫面，當時林煙就站在我旁邊，卻出乎異常地鎮定，根本不像普通的大家閨秀。

這名女子背後，究竟藏著什麼祕密？我對她越發感興趣。

一眾人散後，我在後院找到了宅門君，「方才謝謝你出手相助。」我又湊上前道，「你還沒告訴我你叫什麼。」

「李四。」

「噗。」我忍不住笑了，「該不會你每次執行任務時都叫李四？」

宅門君詫異道：「妳怎麼知道？」

……是人都知道好嗎？我乾咳兩聲，說道：「我想知道林煙的事，她給人的感覺，一點也不像資料上說的那麼單純。」

宅門君思索片刻，說道：「妳可以問空間君。」

我大吃一驚，「什麼？空空在？你怎麼不告訴我！」

宅門君面無波瀾：「妳沒問。」

「……他在這裡幹嘛？」

「林老爺愛吃，想美食想得發瘋，空間君就出現了。」

我笑了出來，「一定是想吃吃這年代所沒有的食材吧。」我轉念一想，立刻轉身往外跑。

「重，妳去哪？」

「廢話，當然是去找副麻將啊！」

「……妳打麻將，上神會罰妳的。」

「在人界的事他不會知道啦。」

等我找到了麻將，宅門君早已不見人影。化了神體循著宅裡的仙氣飄去，一路到了林老爺的房內，從牆壁鑽進裡頭，正見他往床上躺。

過了片刻，只見他的身體忽然消失，我默念咒術，尾隨其後。眼前強光過後，便是一片豁然開朗的暖春之境，耳邊已是百鳥朝歌。

林老爺走在前頭，到了一處院子便進去，我抬頭一看，夏之院。

院裡夏意滿滿，荷塘入眼，飄了一鼻子的藕荷清香。再往旁邊看去，各種植物落入眼中，有常見食材，也有那聞所未聞之物，看得我兩眼發光。難怪林家父女能把身體吃成倉鼠似的，換作是我，光看這些未成菜色的食材，就忍不住吞口水了。

「重生？」

背後一道稚嫩的聲音，我轉過身，見到頂上圓髻、明眸皓齒的白衣孩童，立刻撲了過去，「空空！哎呀，臉還是肉嘟嘟，小孩子就是好，水嫩水嫩的。」

空空白了我一眼，「喂喂，不要乘機吃豆腐。」

「不要這麼小氣嘛。」我嘿嘿笑著，搖了搖懷中的木盒子，「待會去打麻將好不好？」

空空無奈地嘆氣道：「妳一百年前說好讓我的，最後卻把我的壓歲錢全贏走了。」

「哇，贏你的是江湖，不關我事。」

空空輕哼一聲，一副小大人的模樣，「反正我不會再碰那東西了。」

我抓狂，怎麼會有這麼不可愛的小孩，「哼，過年不給你壓歲錢。」

「反正沒成親就不用給。」空空瞄了瞄我，「我看妳今年也嫁不出去。」

我差點又吐血，以後一定不生這麼毒舌的兒子！感覺到地面微微震動，我抬頭看去，林煙來了，再往一側探頭，林老爺竟煮起東西來，鍋碗瓢盆俱全，這裡簡直成了廚房。

無怪乎人們那麼愛空間，這裡能放下的東西實在是太多了，而且又不占地方。

聞到一陣陣菜香，我頓時也覺得餓了，一碗白粥是填不飽我的胃的。

「爹爹。」林煙笑如璀璨繁星，小跑到林正嶽身旁，問道，「爹爹今天做了什麼好吃的？」

林正嶽朗聲笑道：「今天是在夏之院，我們就做些夏季美食，都是妳之前沒吃過的。」他將菜譜一攤，上面寫了數道菜色，「爽脆鴨掌、胭脂蓮藕、黃金雞球，還有妳愛吃的炸酥魚。」

林煙笑道：「煙兒喜歡，爹爹辛苦了。」

「真是我的好煙兒，還是妳最懂爹。在妳成親前，爹爹希望能讓妳嘗盡天下美食，如果這幻境能分成兩個多好，爹爹一定送妳一個。」

看著父女倆談笑的模樣，我又細細觀察起林煙，越發覺得她不簡單。

「重生。」

空空的聲音飄入耳中，我低頭問：「什麼？」

「妳，流口水了。」

唔，我餓了……

隔日，我又被外頭的吵鬧聲煩醒，難道林家每天都這麼吵嗎！

我掀開被子，一怒而起，穿了衣服出去，循聲走到大堂，就見林然正哭著，「爹爹，然兒不嫁，然兒還小。」

二夫人啜了一口茶，冷笑說：「都已經十九了，還不嫁，跟妳同年紀的人，都做娘了。」

林然瞪眼道：「二娘，以前妳從不過問我婚事的。」

二夫人回聲道：「以前妳還小，我當然不會過問。」

林然語塞，又回身去苦求林老爺，「爹爹……」

林老爺額上冒出細汗，安慰又不是附和又不行，這時林家三少爺林森插話道：「爹，二娘要把大姐嫁出去，要把我送到東林書院那百八十里的地方，還要給四妹說婆家，卻偏偏留二姐在家，我看二娘魂丟了一次，把自己的私心都整出來了。」

我暗嘆這林森不過十七，事情倒看得透澈。我饒有興趣地看著那二夫人，想必昨晚已將林家上下的事摸透了，把林家三個子嗣支走，只留下自己的「女兒」方便斂財。

世上有兩種人會在別人還沒害他時先害對方，一個就是重生的人，一個就是穿越的人。

二夫人，屬於後者。

但是這動作未免太快，顯得極不明智。

二小姐林紫悠悠說道：「三弟，你真是越發沒規矩，大姐的婚事早就訂下，現在十九嫁過去，也不為過。東林書院是天下聞名的書院，那裡有最好的先生，讓你去，是讓你成才，別這麼不長進。」

林森哼道：「好，就算是如此，那四妹呢？」

林紫掩嘴吃吃笑道：「哎喲，趁著四妹還能見著臉，趕緊嫁了。否則等過了幾年，興許哪個是鼻子，哪個是嘴，都搞不清楚了。」

一直未開聲的林老爺，猛地一拍桌，喝道：「放肆！」

吵吵鬧鬧的大堂頓時鴉雀無聲，連在門外的我也被嚇了一跳。

林老爺沉下臉道：「再拿煙兒說笑，我就把妳嫁到黑山挖石頭去！」

林紫嚇得直哆嗦，「紫兒再也不敢了。」

林煙坐在特製大椅上，呵呵笑了笑，「爹爹別氣，煙兒沒事。」

二夫人撇了撇嘴，笑意滿滿地道：「煙兒的事可以以後再說，現在我只是在幫她留意好的婆家嘛。不過然兒和森兒的事，還是早做決定的好。」

話一出口，林然和林森又可憐兮兮地看向林老爺。

林老爺繃著臉說道：「這些事夫人還是不要操勞的好。」

二夫人輕聲笑了笑，「既然這樣，那就聽老爺的。」

我瞇起眼看她，這麼輕易就放棄了？滿屋子的人，各有心思呢。我搖搖頭，見林煙出來了，笑道：「在家裡待著悶了，我們去外面走走？」

林煙點頭道：「城中開了一家不錯的酒樓，我們去那裡嘗嘗菜色，要是好吃，就把廚子請過來。」

真是時刻不忘吃，只是我現在更想做的，是去逛街看些好玩的東西啊。

「對了，那裡太遠了，叫上李四吧。」

「嗯，好。」我點點頭，心裡嘀咕，李四不就是宅鬥君嗎，林煙平時出門也會叫個護院？

我們三人乘著馬車往酒樓駛去，宅鬥君在外頭駕馬車，我和林煙在車廂裡有一句沒一句地說著話。說到今天二夫人的事時，林煙的聲調才稍顯不同。

「哦，二娘呀，以前她做事不這樣的，很小心，雖然爹爹把家裡大小的事都給二娘打理，卻管得不怎麼好呢。」

見她眼裡有些嫌惡，我也對其他人的事起了好奇心，「到底是怎麼個不好法？」

「太軟弱了吧，連家裡下人都敢頂撞二娘。」林煙撇撇嘴，「二姐平日可不會這麼說我，但是今天二娘變了性子，她也蠻橫起來了。」

我微微笑了笑，看來二夫人母女倆，在林家的地位沒有看起來高，而從林老爺今天的反應來看，林煙最為得寵，連理應繼承家業的林森也比不上她。

我撩開簾子往外看，這裡的街道比林家那邊熱鬧，商販擺賣的東西琳琅滿目，看得我心又癢了。我回過身，想勸誘林煙下車逛逛，見她正好放下車簾道：「表姐，煙兒想下去買點東西，妳和李四先去酒樓吧。」

見她目光炯炯，我收回嘴邊的話，笑道：「快點去吧。」

「嗯。」

林煙下去後，我沉思片刻，拍了拍宅鬥君的肩，「我去跟蹤她。」

跳下馬車，已經看不到林煙的蹤影，順著剛才她消失的方向跟去，行了百步，就見她坐在茶樓裡左顧右盼。

不多久，一個人在同張桌子前坐下。看到那人的臉，我倒是很意外，那不是容遊嗎？他們兩人見面做什麼？

林煙給他斟了杯茶，才道：「好久不見了，秦公子。」

容遊似乎有些急，左右看了看，說道：「林姑娘有話直說吧。」

林煙頓了下：「那好，我也不跟你繞彎子，不知道你以前說的，只要我有事，會竭力幫我辦，這話還算不算數？」

「自然。」

「嗯。」林煙笑了笑，眼眸閃著狡黠的神色，「我要你上我家提親，向我二姐。」

容遊握杯的手抖了一下，「為什麼？」話落又覺不妥，面露難色，「我已經退過林家一次親，現在又去，恐怕不成，況且我對林二小姐並無感覺。」

林煙笑了笑，「你讓媒婆去說，當初退了我這門婚事，就是因為看上了我二姐，非她不娶。至於你喜歡或不喜歡，可不關我的事。秦公子，你該不會是忘了當初對我說的話吧？莫非你要反悔？不如我去告訴我爹？雖然林家沒個大官在朝廷，但是你們秦家，好像更沒拿得出手的官吧？」

容遊臉色一變，緩緩放下茶杯，半晌輕嘆一聲，「好，若我去提親了，我們之間的事就一筆勾銷，不可再拿此事要脅我。」

「當然，一言為定。」

話畢，容遊無奈地離開了。

我躲在牆柱一側，看著林煙不同以往的神色，心下揣摩著他們的對話。容遊對林煙有愧的事，指的是他退婚？雖然理由有些牽強，但似乎只有這個解釋。

本以為容遊走了，林煙很快會離去，沒想到又有一名翩翩公子走來，小心翼翼地看了看旁側才坐下。

嘖嘖，看不出林煙結識的公子還挺多的嘛。我心想，該不會這人也是退親的吧？

事實證明本神君的第六感是正確的。

話說了兩句，那公子哥就道：「林小姐，當初的那件事並非我本意，退婚也是妳堅持的，如今要我做這種事，恐怕難以從命。」

林煙不急不躁，冷哼道：「何公子，我並不是要你娶我二姐，我知道你結識很多富家子弟，要找個人來提親，並不難吧？」

「那林紫的脾氣，外頭都知曉，而且她只是個庶女，娶回家中做主母，不是什麼光彩的事。」

林煙說道：「主母？你想得太周到了。」

公子哥意外道：「妳要妳二姐做侍妾？」

「這些何公子不必知道，只要照做就好。我二姐的姿色並不差，娶回去也不會給你的好友丟臉。」

我皺眉聽著他們的對話，林煙讓這麼多人來提親，到底打算做什麼？我嘆了口氣，女人的心思啊，真難懂。

見何公子應承下來，林煙付了錢要走，我連忙跟著回去。一回到酒樓，見宅門君已經點好了飯菜，等我氣喘順了，林煙也來了，手上還提著幾大包東西，滿臉疲倦樣。

「怎麼這麼遲，菜都要涼了。」我笑著將東西拿過，放在一旁。

林煙抹了抹汗，說道：「好累。」她拿起茶壺，揭蓋聞了聞，蹙眉道，「這茶我不愛喝。李四，去幫我和小二說，要一壺雨後龍井。」

宅門君點點頭：「是。」

他剛走，林煙又道：「表姐，這筷子髒了，妳能幫我去拿一對嗎？」

我往周遭瞅了瞅，不見小二人影，只得親自去拿。看到宅門君正等在一旁，我上前說道：「剛才我跟蹤林煙，見到她和兩位公子碰面，要他們向林紫提親，那兩人看起來都有錢有勢的模樣。」

宅門君不動聲色地道：「如果二夫人和林紫母女聯手，林然被迫嫁了，林森外出求學，林老爺又不理家務，矛頭就直指林煙了。」

「可是她找了兩個人。」

宅鬥君思索半會，問道：「一個提的是正妻的親，一個提的是侍妾的親？」

我愕然：「你怎麼知道？你也跟蹤她了？」

「職業習慣。」

……好吧，我都差點忘記他管世間宅鬥千百年了，什麼陰謀陽謀沒見過。

宅鬥君繼續道：「如果是一個人提親，二夫人可以果斷地拒絕，但如果兩個人同時去，又是一個妻一個妾，同時拒絕會被外人說不知滿足。二夫人就算再強硬，也不得不考慮一下。」

我頓時感嘆林煙不是個善類，沒想到平日一副全然順從的樣子，背地裡卻這麼害她二姐。

我們回到酒桌，林煙已為我們斟了茶，「你們怎麼去那麼久？剛看到小二，讓他幫我換了。」

「啊，樓下小二動作太慢了些。」我笑了笑，當然不會告訴她真相。

飲了杯茶，清淡了一下嘴裡，夾菜吃著，心裡還在琢磨著林煙。

不簡單呀不簡單，越像小白兔的人，就越凶險。

想到這，腦袋一暈，我砰地倒在桌上。

還未反應過來，便見宅鬥君也暈倒了。

耳邊傳來林煙尖細的輕笑聲。

「嘖嘖。」我飄在自己的凡體上，看著也飄出來的宅鬥君，湊過去道，「林煙究竟在打什麼鬼主意？竟然給我們下迷魂藥。」

宅鬥君吐字道：「待會就知道了。」

林煙給了聞聲而來的掌櫃一袋銀子，說道：「要一間上房，麻煩小二幫我把他們送過去，夫妻倆真是不勝酒力啊。」

掌櫃聞言，又掂量了一下錢袋，笑意蔓延到眉梢上，「姑娘稍等。」

宅鬥君說道：「我懂了。」

「唔？」為什麼我還是一頭霧水……「能不能把剩下的話說完？」

宅鬥君示意我看向小二，幾名小二把我們抬進房裡，放在床上便走了。林煙走了進來，關上門，走過去邊笑邊解「李四」的衣服。

我瞪大了眼，飄到前頭去，嘖嘖，這鎖骨，這胸肌，還有這小腹，不愧是神界聞名的美男子啊。

我看得口水欲滴，宅門君一把扯過我，「男女授受不親。」

「不要這麼小氣嘛。」

我嘿嘿笑著，回過頭去，「李四」已被她塞進了被窩裡，春光雖好卻被擋住了，我不禁嘆氣。片刻就見她那圓溜溜的手去解「我」的衣裳，喂！禽獸，拿開妳的手！

地上、床上都是衣服，加上兩個光溜溜的人躺在一起，不讓人想歪都不行。

我搖頭道：「我也懂了。」

宅門君悶悶地應了一聲：「陷害，控制。」

「難怪她今天會把你叫出來，看來她早就想好要對付我了。這是想以我的名節做要脅吧？如果我不聽話，恐怕這件事就要被她宣揚出去了。」

宅門君點頭：「重，妳不笨。」

我不好意思辯解，乾咳兩聲，見林煙出去，心想藥效還有一個時辰呢，便道：「我們打牌吧。」

「沒牌。」

「那猜拳。」

「好。」

「一回三錠金子！」

「……好。」

如果上天能讓我重生一次，我絕不會找宅門君賭任何東西的，這傢伙簡直是財神君附身，不到半個時辰，我就欠他三個月的俸祿了，救命……

宅門君說道：「不猜了。」

我賊賊地看著他，「不會是覺得我輸太慘了吧？」

我心裡默默期盼就算是他也不要說出來，給我個臺階下吧。

宅門君點點頭，「是。」

這傢伙真是一點也不可愛……

終於熬了一個時辰，我和宅門君雙雙歸體，那林煙時間拿捏得也極準，剛躺下一會，門就被推開了。

我立刻尖叫起來，扯著被子遮住身體。

林煙急匆匆地跑來，一見床上這形勢，立刻拍打宅門君，怒罵道：「好你個李四，色膽包天，竟然對我表姐做出這種事！我饒不了你！」

她的手本就肥大，這一掌掌拍下來，宅門君臉上和上身就紅了一片，「我……我也不知道。」

我攔住她的手，可憐兮兮地道：「煙兒，妳不會把這件事說出去吧？」

林煙認真地點點頭，「當然，表姐對煙兒這麼好，煙兒當然不會說啦。」

「真是我的好表妹。」我低頭鬆了口氣，如果有鏡子，此時定能見我眼裡閃著精光。

林煙又乘機拍了宅鬥君一掌，說道：「還不快穿好衣服在外頭等！」

宅鬥君無奈地穿起衣裳，走了出去，還替我們帶上了門，真是個好青年。我也嘆著氣，慢慢穿著衣服。

林煙有些哽咽地道：「表姐，雖然祖母去世了，但爹爹也是很疼愛妳的。如果日後有誰欺負煙兒，妳一定要幫著我呀。」

我心裡冷笑著，支支吾吾道：「一定，一定。」

遲早我會人格分裂的。

林煙成功地把我這外姓人拉到身邊，和她共同抗衡如洪水猛獸般襲來的二夫人。

回到林家，我又看了看掌心，重生的意志薄弱了些。這種情況並不少見，在想盡辦法想重回過去卻無法如願時，有些人會絕地反擊，那重生的念頭就會慢慢消失了。

我心想，如果是這樣，未嘗不是件好事。

只是事情卻沒有林煙想的那麼順利，以前的二夫人，肯定會在猶豫中做出選擇；現在的二夫人，卻是個強硬的人，即使被眾人所指，也毫不在意。

「二娘定是被邪靈上身了。」林煙抿了一口茶，模樣就像運籌帷幄的智者，「如果是一般平民，她替二姐拒絕不奇怪，但是像秦家、王家那種大世家，她竟然也不要，還對外面的非議之聲充耳不聞。」

我沒有附和她，安安靜靜地喝著茶。

林然怒氣沖沖地跑來時，茶已經喝完了一壺，一見她，林煙立刻笑道：「大姐，怎麼了？」

「別再裝了！」林然人還未站定，就罵道，「妳們都不是好人，夥同提親的混帳東西來欺負我！」

林煙微微皺眉問道：「提親的怎麼得罪大姐了？他們不是向二姐提親嗎？」

林然聞言，幾乎快哭了出來，氣得坐在石凳上，負氣說道：「那個二娘，也不知是著了什麼道，說姐姐未嫁，哪有先嫁妹妹的道理。媒婆一聽，立刻明白了，跑去爹爹面前說讓我選個人家嫁。」

林煙啞然，「爹爹點頭了？」

「沒，但指不定二娘一吹枕邊風，爹爹就同意了。」林然用錦帕拭去眼角的淚，說道，「四妹，爹爹向來疼妳，妳和爹爹說說，千萬別把我嫁了，姐姐定會好好謝妳的。」

「可是那兩家並不差吧，聽說兩家公子都長得挺好。」

林然收了淚，扯了扯她的衣袖，「好妹妹，其實姐姐已經有喜歡的人，妳若幫我，以後有什麼事，姐姐定然站在妳這邊。」

林煙撓了撓頭，萬分為難道：「好吧，煙兒去和爹爹說說看。」

林然大喜，當即取了髮髻上的一支金步搖給她，「那就拜託妹妹了。」

「姐姐客氣了。」

等林然一走，林煙便笑了起來，聲音又尖又細。

我抖了抖，說道：「沒想到沒把二表妹送出去，倒是贏了一個大表妹。」

「表姐妳太笨了。」林煙冷笑道，「二娘已經到了敢和爹爹頂嘴的地步了，想逼她嫁出自己的女兒已是不可能。但她還是得顧忌林家的面子，所以一定會把未嫁的大姐拿出來做擋箭牌，這樣才不會得罪別人。這時大姐一定會來求我，我再去勸爹爹，只要爹爹出面，這兩樁提親的事，就不了了之了。我不用費一點氣力，就能把大姐拉攏過來，一起對抗掌家的二娘。」

我詫異地看著她，這林煙狡猾得很呢。「所以妳讓那兩名公子來提親，一開始就是為了拉攏林然？」

「那是自然，光靠我們兩個人，遲早會被二娘逼走。」林煙又笑了笑，直勾勾地盯著我，「表姐怎麼知道是我讓他們來提親的？」

我這才發現自己說漏嘴了，尷尬一笑，「那天……剛好路過茶樓……」

「哦，好巧啊。」

林煙打馬虎不追究，我也當作不知道。

「重生。」

我往亭子外頭看去，只見勾魂正朝我這邊看來，我頓了一下，轉身說道：「煙兒表妹，我回房裡補些胭脂，天太熱了。」

林煙淡淡道：「嗯。」

剛拐過廊道，化了神體，勾魂就疾步過來，「這附近有鬼氣。」

我瞥了他一眼，「應該是黑白無常在做任務吧。」

「這麼陰冷的氣息，妳感覺不出來？」

見他說得認真，我也屏息感應，果真不是普通的鬼氣。心裡一個咯噔，不會是沐音吧？

腦袋嗡嗡地叫了起來，手已被勾魂握住，我條件反射地齜牙道：「幹嘛？」

勾魂未開口，左手往前一劃，便見一名白袍童子現形出來。

「空空。」我胡亂地摸他的頭，立刻被他偏頭躲了過去。

空空白了我一眼，沒好氣道：「如果不是勾魂要進幻境，我才不讓妳進來。」

我恍然，空空的幻境可以阻隔仙氣和鬼氣，實在是個好去處。還未多想，勾魂已經拉著我進了幻境中。

等我反應過來，才發現糟了，只有我們兩個！

我想縮回手，縮不回……

勾魂正色道：「以後見到鬼域的人，千萬不要靠近。」

「哦。」我應了一聲，靜靜蹲在一旁，半晌，腦門閃過一道光，直盯著他。

勾魂微微蹙眉，問道：「怎麼了？」

「我去把穿越君和宅門君叫進來，打麻將！」

「……回來。」

從幻境出來，天色已晚，外面果然沒了剛才那股陰冷的鬼氣。見空空盯著我們兩人的手，我使勁抽了回來，俯身對空空道：「你今天看到什麼了？」

空空上下打量了我們幾眼，吐字說：「你們，有鬼！」話落，又轉向勾魂，正色道，「神君，你怎麼會看上脾氣這麼差的女人？我覺得你和我姐姐比較配。」

聽到這話，我伸手搓起他圓潤的小臉，逼近視線道：「如果你不是我閨蜜的弟弟，我一定踹你去月亮上數兔子。」

阿宮才不會喜歡勾魂，她已經有喜歡的人了嘛。

勾魂低頭看了看掌心，說道：「任務君在找我，我先回去，照顧好重生。」

空空淡淡說道：「我知道啦。」

勾魂又轉過身，「照顧好自己。」

「哦。」認識這麼久了，我早就習慣他那張嚴肅的臉了。見他身形隱沒，我乘機摸了空空一把，不等他罵人，就閃回房內了。

接下來幾天，都沒有鬼氣飄過，而七天之限，已過了六天。

這六天，最不安寧的就是林老爺，自從那日林老爺拒絕二夫人提議後，二夫人就撒手不管家裡的事，帳房、廚子、下人都跑來找林老爺。

林正嶽平日裡除了會商，便是研究各種美食，如今每日連吃飯的時間也沒，煩得脾氣都大了三倍。

這日一大家子人正吃著飯，見下人跑來，林老爺不等他開口，就伸手攔住，「以後有事跟二夫人說，別找我。」

二夫人夾了菜，笑道：「老爺還是自己當家的好，反正我做的決定，也沒人點頭，吃力不討好呢。」

嘖，說話真衝，我這個旁人，還是靜靜吃飯就好。

林老爺惱了，「妳都嘔四天氣了，難道還沒消氣？」

二夫人無動於衷，脾氣硬得很。

我心裡笑了笑，林老爺，你已經被二夫人吃得死死了。

「爹爹。」林煙忽然開口了，「別生氣了，如果二娘真的累了不想管了，煙兒可以接手哦。」

我狐疑地看向林煙，林家家大業大，她就算再聰明，要管也不容易吧。

見眾人看她，林煙又道：「當然不是煙兒一個人管，表姐和大姐可以一起呀。」

我明白過來，附和道：「落兒會好好幫助表妹的。」

林然也點頭道：「那是一定。爹爹，你可以先把家裡的事交給我們幾天試試，做得不好的話，還是讓二娘管著吧。要是做得好，豈非解決了爹爹的煩心事？」

林老爺一聽，眼睛頓時亮了，幾天而已，不會捅出什麼婁子的，正想點頭，林紫便道：「不行，讓外人知道了多不好。」

二夫人臉色微變，勉強笑道：「其實我只是累了，這幾天也休息夠了。」她又轉向身後的下人，「以後有什麼事就和我說吧。」

林煙雖然沒有得到實權，但林老爺對她的賞識恐怕又加了幾分，不管是左還是右，她都是贏家。

抗衡穿越而來的二夫人，林煙倒把她逼得死死的。

我餘光一瞥，除了眼神陰冷的二夫人外，一旁的林紫也露出別樣神色，和第一次見她很不一樣，又堅定又陰狠，灼得快生起一堆火來。

我低頭看了看掌心，重生的意志，又弱了三分。

晚上子時一過，便是第七日。

我尋了半天沒找到林煙，想了想應該是在空空那，便進了幻境中。

空空一見我，立刻閃得遠遠的，「妳幹嘛？」

「放心，這次不調戲你，我在找林煙。」

「她在冬之院和林老爺吃火鍋。」

「……我也想吃。」我咽了咽口水，正色道，「待會她出來我就帶她走了。」

「嗯。」

等林煙從幻境出來，又是一個天明了，她竟然在裡面睡了一覺才出來。我坐在浮雲上打著哈欠，見著她，念出千年不變的開場白：「我是神界的重生君，妳所祈求的重生意念，神界已經受理，現在將為妳進行時空轉換，回到過去。」

林煙愕然半晌，兩眼一翻，暈了過去……

晚上，林煙終於醒來，還好沒耽誤到任務時間。

她剛緩過神，立刻捲了被子躲在床角指著我道：「鬼！別過來！」

「我是神仙。」

「神仙？」林煙上下打量著我，問道，「妳是哪路神仙？」

我耐著性子說道：「簡而言之，就是妳想重生，然後我就出現了。」

林煙一臉莫名，「我想重生？難道只是稍微想一下就得回去？不是吧，你們神仙怎麼可以亂來呀。」

我嘴角微微抽著，懶懶地道：「妳強烈的重生意志召喚了我，但是也不排除在我來了之後，妳不想重生。」

林煙輕哼一聲，「廢話，我當然不想啦。」

我忍不住毒舌道：「成為一百二十公斤的胖子，被林然、林紫欺負，被退婚五次，這些妳都不在意？」

「我什麼時候在意過了？」

我傻了，這孩子腦袋被大水沖過？我輕咳兩聲，「妳得想清楚，如果放棄這次機會，以後本神君可不會再出現了。」

「當然是放棄啦。」林煙沒好氣地道，「你們神仙也太笨了吧，爹爹有個種滿美食的地方，我那麼喜歡吃，怎麼可能捨得。還有妳看清楚，到底是她們欺負我，還是我欺負她們？」

似乎是她背地裡欺負她們更多……

「而且，」林煙越發得意，「什麼被退婚五次，那些都是我故意的。我才不要嫁給那些不懂美食的瘦子。如果人生沒有了美食，我還活著做什麼?那些人呀，都是我找了美女去誘惑他們，然後當場揭穿，讓他們自己退婚的。這樣一來，他們心有愧疚，等我以後想嫁了，再叫他們娶我，也不是不可能。」

我愕然，「可……可是妳說過想回到八歲的。」

「哦，那個啊。」林煙撩起瀏海，指了指額上一小塊傷疤，「這個呀，在八歲時摔了一跤，我要是回去了，一定叫人把那個坑給填平了，哼。」

我一直覺得哪裡不對勁，現在終於明白了。難怪容遊會一臉愧疚的模樣，難怪林煙對吃的來者不拒，如果真是因為退婚、肥胖而絕望，怎麼會露出那種表情?還有，林煙的戲未免演得太好了!跟她一比，我簡直就是菜鳥啊。

腦袋閃過一道光，我連忙摸出冊子，翻到最後一頁，上面的任務對象，的確是林煙啊。托腮沉思片刻，翻到扉頁，只見本子所屬人赫然印著「宅門君」三個大字……

讓我死一死吧!

難怪宅門君總是出現在林煙身邊，道士作法那天敢情他要救的不是我，而是林煙。我一直弄錯了人啊，真想蹲在牆角裡痛哭一下。

我回過神，定是那天去抱他時把本子弄混了，當時的確是從地上撿起了一本冊子。

我為什麼要手賤去蹭宅門君的仙氣，欲哭無淚啊……

林煙不耐煩地道：「喂，笨蛋神仙，妳不會真要讓我回去吧？不要啊，我給妳錢好不好？」

我憋著一肚子氣，伸指一彈，一粒血珠印在她腦門上，便見她轟然倒下。今晚的事，明早她起來就會全忘了。我抹了抹淚，弄錯任務對象這種事，懲罰可不輕。

我驀地想起，如果要重生的不是林煙，那是誰？

本子本子你在哪！

我灰頭土臉底從林煙房裡飄出來，循著宅門君的仙氣飄飛過去，一見他，立刻抱住，抽泣道：「宅門君！」

「重，怎麼了？」

我伸手扒他衣服，本子呢，老娘的本子去哪裡了？時間快到了，任務失敗老子要被扣俸祿啊！

「男女授受不親。」

誰還管這個啊！沒摸到我要找的東西，我無奈地道：「你的任務冊子呢？我今天發現你的在我這裡，我……弄錯任務對象了。」

宅門君正色道：「這可是要罰俸祿的。」

一聽要扣錢，我心裡更難過了，嚶嚶抽泣了兩聲，「別說了，我得趕緊找到那個人，過了今天任務就徹底失敗了，任務君一定會把我吊起來打。」

宅門君從袖口裡拿出冊子，翻看到後頭，咦了一聲，「為什麼變成二小姐的名字了？」

我默默吐了一口血，拿過冊子翻到前面，赫然寫著林紫的名字。

我驀地明白過來。

如果是林紫，那一切就解釋得通了。

雖然有個當家的娘親，但林紫是庶女，不受林老爺喜歡，二夫人又生性軟弱，按照林煙說的，就是連下人都可以欺負她們。林然傲氣，林煙心狠，她這個二小姐最好欺負。

所以她要重生，絕對有合理的理由。

但是穿越而來的二夫人性格和手段都強硬起來，林紫的晦氣也一掃而光，母女聯手，那重生的意念就漸漸淡薄了。

所有的東西串聯起來，我才發現這一切都太巧了。

好想去找塊豆腐撞撞啊！

我抹了抹淚，耳邊已傳來打更的聲音……

任務失敗。

宅門君見我一臉悲痛，問道：「重，妳怎麼了？」

「我想去死一死，不要拉我。」

「哦。」

「……」

第六章　傾城佳人

任務失敗，回到神界不但被大神劈頭蓋臉罵了一通，還被任務君鄙視了一番，更成為眾牌友的笑談。

重點是停薪留職三個月，窮死了！上神你這個混蛋！

憋了一肚子的氣，跑了回去，想到沒俸祿我就心疼，卻無處發洩。看到地上有顆石頭，抬腳奮力一踢……腳趾疼得像碎了骨頭，痛得眼淚直在眼眶打轉。

只見那石頭睜開眼，慢慢爬了出來，越爬越大，直到地上出現一個大窟窿，它哼聲道：「看妳以後還敢不敢欺負頭小身大的石頭。」

你頭也太小了吧……你知不知道什麼叫黃金比例啊？

我看著它跑開，臉頰一濕，眼淚掉了下來。真是越活越回去了，還能被石頭欺負到哭。

我抹著眼淚，委屈地哭了起來，反正這裡偏僻得很，沒人會來。

世上最委屈的事，是拚了命工作，還沒俸祿領。

世上最尷尬的事，就是讓妳最不想看到自己哭的人出現了。

那位介入我和勾魂之間的人，神界大祭司，最美的女神君。

女尊君。

我的閨蜜阿宮，也站在一旁。

她還是沒變，一襲紅色寬大長袍，淡妝濃抹總相宜的臉，雙目瀲著水光，在烈日下，顯得無限美好。

「重生。」

見她遞來錦帕，我用手背抹掉淚，抿著嘴沒接。

她微微苦笑道：「妳果然……還是恨著我的。」

我動了動唇，準備離開，她輕步追了上來，腳下似要生了蓮花般美妙，聲音微急：「我聽阿宮說，妳最近過得不好。我一直在人界，剛回來，妳若有什麼需要……」

我冷聲道：「不需要，女尊君請回吧。」

她面上的苦意又深了一分，「為何不叫我的名字，像以前那樣叫我真女，可好？」

我繼續冷笑，「不好。」

阿宮也急了起來，「重生，妳怎麼對真女這麼冷漠，我們三人……」

「我不要聽！」我打斷她的話，看著她們兩個，突然發現真女實在卑鄙得很，人前人後，都是我的不對。雖然外人不知道我和勾魂在一起，她卻是知道的，但她還是插足進來，告訴我她喜歡勾魂。

我第一次做任務做得一塌糊塗，垂頭喪氣地回到神界時，卻發現摯友在自己的情郎那裡過夜，還被她一臉傲然地說自己是個敗者，她想得到的，自己永遠無法奪走。

好一張美麗臉龐下的邪惡。

她無情無義，我只當是個了斷。即便外人如何看我對她不變的態度，如何議論，我也無所謂。

我不怪阿宮，她是個善良柔弱的神仙，這麼骯髒的事，我怎麼忍心告訴她。

一路疾奔回家裡，眼淚終於徹底決堤了。

如果不是丫丫從洞口鑽進屋子，發現暈倒在地的我，恐怕我就要餓死在屋裡了。

這是勾魂說的。

他說這話時，我正狼吞虎嚥地吃著飯菜，一如既往地難吃。

「吃慢點。」

對於一個快餓死的人來說，這句話簡直是廢話中的廢話。

直到腹中有了飽足的感覺後，我長長呼了口氣，取了錢袋，把裡面的錢全倒在桌上，起身道：「謝謝款待。」

勾魂伸手拉住我，一把將我扯了回去。

我抬頭盯著他道：「幹嘛？吃頓飯還要我以身相許啊。」

他蹙著眉，清冷的目光刺得我無處可逃，半晌才道：「回來的路上見到了宮門君，她和女尊君來找妳了？」

我半瞇著眼看他，「是。」

勾魂鬆開我，手卻順著手背握了上來，低頭直視著我，「不要再疑神疑鬼了，我今天沒有任務，妳也被禁足了，有時間慢慢把事情理順。」

我饒有興趣地看他，「好，你說。」

「妳問。」

我瞪著他說道：「那一夜，為什麼你和她在屋裡過了一夜？」

勾魂蹙眉，「哪一夜？」

「你和我提分開的前一夜！」

勾魂眉頭鎖的更緊了，「那晚我並沒有回去。」

「那你去了哪裡？」

「上神住處。」

「你那晚去上神那裡做什麼？女尊君的說法可是跟你過夜了啊。」

他仍是皺著眉頭，肅色道：「那天並不是我去找上神，而是上神找我。他得知我與妳相戀，告知我，妳受傷之後，身體尚未復原，三魂七魄也被打散，若此時動了情，恐怕剛積聚的魂魄難保。因此讓我暫時離開妳，等妳的魂魄完全穩定。」

我冷冷看著他，「這個理由不能告訴我？非得讓我痛苦一千年才能說？」

勾魂只是靜靜看我，問道：「以妳的性子，若我說了，妳會放手嗎？」

我頓了頓，那時我恐怕已經愛進骨子裡了，他若告訴我這些，我一定不會放手吧。

「那為什麼女尊君要跟我說你們……」

話說不出口，刺得心疼。

勾魂眼裡閃過殘酷的光芒，「她為何會那麼說，我也不知道。」態度微軟了些，定神看著我，「妳若信我，便不要理會她說的。」

我一怔，真女那麼傲氣的人，喜歡的東西從不掩飾，而且綜合她之後對我所說的那些話，無可懷疑，她就是個壞女人。這麼一想，我的確應該信他。

而且都牽扯到了上神，我去找他對質，真相便立刻知曉，勾魂沒必要撒這麼容易揭穿的謊。

我看了他半晌後，微微吸氣道：「你真的不是在騙我？你離開，真的是為了我好？你跟真女真的沒有瓜葛？」

他點點頭，將我擁入懷中，「是，沒有假話。」

我沒有掙扎，鼻子酸得難受，「可是，你不是說，還要再過半年嗎？」

「我不想再等，也不想妳再等，我只是怕，在這半年裡，又會發生什麼事。」

我倒在他溫暖的懷中，聽著最喜愛的人在耳邊說著這樣的話，實在是開心得很。

他離開千年，故作路人，果真是因為魂魄一事嗎？

或許是，我希望是。

我伸手抱著他，感受著久違的暖意，眼淚卻止不住落下。

和勾魂和好如初，我越發開心起來，什麼停薪留職，什麼三千黃金，通通被我拋在腦後。反正現在有人養我，每天睡飽之後跳過木欄，便可以去吃吃喝喝，無聊了還有情郎陪我聊天。

我倒是希望能一直這麼過下去。

當然，前提是他能把菜做得好吃一點。

我抱著身材渾圓的丫丫坐在院子裡的石凳上，曬著太陽，好不愜意。勾魂過來時，我都舒服得快睡著了。

感覺到有人遮住了陽光，我緩緩睜開眼，看著他打了個哈欠，「吃飯了？」

勾魂面帶淺笑，「妳只惦記著吃，跟上神養的寵物豬好像沒什麼區別。」

我哼了一聲，起身環過他的脖子，湊近了盯著他道：「豬才不會這麼抱著你。」說罷又墊腳親了他一下，笑道，「豬也不會這麼親你。」

勾魂怔神看我，眼眸微動，一抹波光蕩漾開來，卻未說話。

我回看著他，這樣的他，實在是俊朗得很。我又墊高了腳，貼上他的薄唇。

他的雙手環來，將我的腰身攬住，墊腳的壓力總算少了些。

耳畔清風，斜陽西下，又是一個日落。

直到聽見窸窣的腳步聲離去，我才鬆開手，往那抹遠去的豔紅看去。良久，回頭看向勾魂，只見他臉上流露出淡淡的惱怒之意。

我躲避開他的眼神，強笑道：「吃飯吧，我餓了。」

勾魂未動，眸裡仍是冰冰涼涼的，沉聲說道：「女尊君平日裡不會來這裡，是妳讓她過來的？」

見他這麼直白地問，我也不閃躲了，抬頭直視他，「是，是我讓她這個時候過來的。

我只是想告訴她，你是我的，她搶不走。」

勾魂的言詞間充滿戾氣，「是單純地告訴她，還是示威，或是炫耀？」

我不答，我不滿真女當初騙我，明明是摯友，卻用那種卑劣的手段來離間我們。如今勾魂回到我身邊，我用這種方式向她示威，有什麼不對？難道就當什麼事都沒發生過嗎？我做不到，我向來不是個寬容的人。

至少，讓我回擊她一次。

勾魂的手已經完全放開，語氣冷得駭人：「妳變了。」

聽到這三個字，眼淚差點沒湧出來，我顫聲道：「是啊，我是變了，你傷我千年，你以為一句話就可以讓我回頭？你知不知道你傷我多深，真女傷我多痛？現在我只是要個補償，有什麼不對？」

我蹲在地上掩面哭出聲，他這麼聰明，難道真的猜不出我的想法？

身體跌入寬實的懷中，卻仍覺得寒冷，沒有半點踏實感。或許從一開始就錯了，既然註定不能一起，為什麼還要相遇？

跟勾魂相戀時，的確很開心。但現在的我，痛苦卻比歡愉更多，更深，也更痛。

「如果我傷了妳一千年，我會用一萬年來補償。如果妳現在不能接受，我會等，直到妳接受為止。」

我沒有作聲，只是緊緊地回擁著他。

一萬年……真的可以補償嗎？

回不去，便是回不去了吧。

那天痛哭了一場後，我便搬到阿宮那裡去了。

一來是想避開他，二來是……我又沒錢了……

被留職停薪的我，情場職場賭場都失意，應該沒有比我更慘的了。我長長嘆了口氣，空空便在一旁翻我白眼，「天還沒塌呢，別再長吁短嘆了。」

我捧著他的圓臉搓揉，嬉笑道：「空空啊，你怎麼忍心對一個剛失戀的人這麼說？」

空空無動於衷地坐定，「妳被勾魂甩了？」

「呸。」我怒了，「是我甩了他！」

「哦。」

「……你不要逼我暴走，小心我在這住上五百年。」

「……好吧，其實是妳甩了他。」

見他圓圓的髮髻都被我搖得鬆了，我才放手，「身為小孩，卻一點也不可愛。」

空空淡淡道：「再可愛，也掩飾不了我已經一千歲的事實。」

我哈哈笑著，聽聞阿宮和空空自小就被人界散仙收養，又專心仙道，悟性極高，因此比別人早成仙，也是這神界中為數不多的姐弟神君。

當初我是怎麼成仙的？我的親人也成了仙嗎？都忘了，光想就覺得腦袋疼。

「嘎。」

我瞥了瞥在腳下轉圈的丫丫，一手把牠撈了上來，只覺手上微輕。我變了臉色，哭道：「丫丫，你怎麼瘦了？空空，丫丫每天要吃五頓呀，還有牠最喜歡吃魚。」

空空面無表情，將手伸來，「請重生君交住宿費和伙食費。」

「空空你太殘忍了，阿宮從不會收我這些錢的。等阿宮回來，我一定要告訴她你欺負我。」

「啊啊啊啊啊不要！」

見到空空一溜煙地跑了，我吸了吸鼻子，抱著丫丫看著外面發愣。

終於過了三個月，我都快生出黴菌來了。這日解禁，我便馬不停蹄地跑回了家，搬個小凳子出來等任務君。

果不其然，天才剛亮，朝陽初升，便見任務君的鐵板臉出現了。

「重生君。」

我跑到他旁邊，笑道：「有任務是吧？」

「是。」

我的熱情絲毫沒有嚇到他，也不見他有意外之色。任何一個被停薪留職三個月的人見了他，都該是這種反應吧。

任務君拿了冊子和玉牌給我，說道：「像往常那樣即可。」末了又說道，「這次千萬不可再任務失敗。」

我頓了一下，還是接了過來，笑道：「明白。」

等他離去，我翻看起手上的冊子，將上面的資料默記住。聽到隔壁傳來開門聲，我下意識往旁邊看去，正和勾魂看來的眼神對上。我猶豫了片刻，沒有出聲，喚來浮雲，便往通天路口去了。

美男無限好，但這世上不是只有一個美男嘛。我如此安慰著自己，腦袋就被人拍了一下，未見其人先聽其聲：「喲，重生，這麼巧啊，我們的任務又湊一塊了。」

我苦著臉回頭，看著江湖那張俊臉，「能不能別在我還沒醞釀好情緒時突然出現？」

江湖瞇了瞇眼，「妳有什麼不開心的，要我開導開導妳嗎？」還未等我說話，他眼已是一亮，將我懷中的丫丫抱了過去，左右細看，正色道，「重生，夠肥了，可以吃了。」

「嘎嘎！」

我一把奪回丫丫，哼道：「不許打我家丫丫的主意。」我狠狠瞪著他，用靈力幫丫丫設了一道牆，問道，「任務君給我的冊子越來越薄，上次至少還有職業什麼的，這次竟然只有名字和年齡，多年前跳崖後隱居崖底，線索也太少了吧。」

江湖朗聲笑了笑，把我硬生生擠了過去，在浮雲上占了一個位，才說道：「妳要去重生的，是柳半夏吧。」

我意外道：「就算你掌管整個江湖，可人有那麼多，你怎麼知道是她？」

「簡單嘛，因為她是這個武林中，近十年來唯一受盡苦難後跳崖的人。」江湖補充道，「跳崖不死定律，妳懂的。」

我聳聳肩，問道：「受盡苦難?跟我說說柳半夏的事吧。」

江湖清了清嗓子道：「被好友搶了男人，還被好友殺了雙親，滅了族人，最後被好友逼得跳崖自盡。」

我嘆息一聲，搖頭：「防狼防盜防好友啊。」

江湖笑了笑：「或許，這只是柳半夏腦中的江湖。」

我疑惑道：「難道真相並非這樣？」

「重生啊，自己慢慢去探究，不是更好嗎？不要什麼事都問得這麼清楚嘛。」

我抿了抿嘴，又看著他道：「江湖，這次任務結束後……借我些錢吧。」

江湖大駭，「妳又想去賭啦？聽聞妳三個月沒有涉足翠竹林了，要忍住啊。」

「我只是想搬家，留職停薪三個月，錢不夠用啊。」

「好好的怎麼要搬家？」

我想了想，悶聲道：「被鄰居欺負啊，我已經相中地方了，又便宜又山清水秀。就這麼說定啦，我很快就會還的。」

江湖微微皺眉，片刻恍然道：「一定是妳去欺負勾魂，結果屢次不得手，所以才決定搬家。」

我扶額，這是什麼邏輯，本神君是那種隨便欺負人的神嗎？

「妳可別真的搬啊，別忘了你們是神界的黑白無常，散了多不好玩。」江湖如此說道。

黑白無常啊，我低頭看了看自己的白袍，連那鑲邊，都是素白的花。

我正色道：「我決定以後都穿粉紅色的衣服。」

「噗……」

「你這是什麼反應！」

「重生，死心吧，那種少女系的顏色不適合妳，妳已經過了小姑娘的年紀了。」

我嘴角一抽，然後腳也一抽，把他從浮雲上踢了下去。

雖說江湖和我都在同個時代做任務，但是他去的地方和我並不相同，到了人界，便分道揚鑣了。

浮雲慢吞吞地領著路，穿過溪流，躍過高山，帶的路越來越崎嶇，山上瘴氣縈繞，嗆得我直咳。

我忍不住捏了捏它，「喂，浮雲你帶錯路了吧。」

「沒有。妳也聽江湖說了，柳半夏跳崖了，自然是在鳥不生蛋的崖底嘛。」

我本想拍它一掌，又停下了。當初做任務總是迷路，勾魂就把浮雲送給了我，後來分了，他沒收回去，我也沒還。雖說是他送的，但是我和浮雲相處了近千年，如果現在還他，好像一點情義也沒有。

我伏在浮雲身上，問道：「浮雲，我和勾魂之間，你會選誰？」

浮雲頓了片刻，打了個哈欠，「我是你們兩個人的。」

咦，這話聽著怎麼有點奇怪，好像凡人父母離異時問孩童的話。我嘴角一抽，果然是什麼樣的主人就有什麼樣的神物，無賴的程度不相伯仲。

浮雲馱著我飄了半日，終於抵達了崖底。

我站在崖底下，抬頭往上看去，錯綜繁雜的枝葉擋住了視線，看不到盡頭。有種在暗夜裡看著滿天繁星的墜落感。這麼深的崖底，又是被好友逼得跳崖，恐怕身未摔碎，心也碎了吧。

我搖了搖頭，繼續往前走。

過了一條小路，從樹林穿過，眼前便見一條淺河，河流對岸，是一間窄小簡陋的木屋。

一名女子在最美的年華住在這種地方，著實讓我心中不快。

以往人間的瘴氣對我並沒有影響，現在卻覺心口煩悶，也不知是太久沒來人間，還是因為疏於修煉。

此時黃昏散去，夜幕將至，昏黑中，只見一名粗布衣裳的女子遠遠走來，蹲在澄清的河岸，將懷中的果子一一洗淨，水還未瀝乾，便吃了起來。

她吃得極慢，而且極認真，似乎那並不是吃的，而是什麼神聖之物。

我仔細看著她的臉，姣好而寧靜，或許是因為不常食肉的緣故，臉頰微瘦而有蒼白病色，雙目雖不是瀲灩生輝，卻清澈明亮，又隱隱帶著一股揮之不去的沉重。衣裳雖因洗得過多而顯出褪色的褶皺，卻很乾淨。

這便是柳半夏嗎？那個被好友逼到躲在崖底度日的人。

我提著裙裾涉水過去，一步步走到她面前，離得近些，更能看清楚她的眼神。寂寞，又帶著鷹隼般的鋒利。我俯身以掌做勺，撈起那在月光下顯得銀白的水，嘩啦落下。

柳半夏沒有露出想像中的驚恐，微微驚訝片刻，便蹙眉看著那水飛起，又濺落回河流中。

我慢慢現了身，雙手依舊放在寬大的袖子中，定定看著她。

柳半夏忽然退開，眼中寒光凜凜，「妳是誰？」

我笑了笑，說道：「我是神界的重生君，妳所祈求的重生意念，神界已經受理。七天後將為妳進行時空轉換，回到過去。」

柳半夏盯著我的神色仍未鬆懈，視線朝我雙腳看來，才露出驚異之色。

我踏在水面上，褲腳未濕，雖已入夜，但在月下仍能看清。她並沒有害怕之意，這種反應的確不像是正常人。大多數想重生的人，都已經沒了活下去的念頭，因此見了神鬼，反而不會那麼驚懼。

柳半夏的手本就削瘦，此時握短刀的力度太大，連指骨都泛了白，她冷聲道：「我不需要重生。」

我挑了挑眉，將本神君召喚出來又否認有這種想法的，她倒是第一個。我笑了笑道：「重生與否，都是妳的自由。七日後，妳再告訴本神君無妨。」

柳半夏未再答覆，徑直回了木屋中。

喂，至少要請我進去喝杯茶吧？我無奈地搖搖頭，每個任務對象都是奇葩啊。

等了片刻，木屋中飄出一抹螢光，在我面前化成了人形，是個孩童，一眼看去辨別不出是男是女，只覺俊俏。可那眼神，也如大多數人間神物那般，空靈而漠然。

「神君安。」

我點點頭，「妳是何物？」

「我本是一塊璞玉，後被雕琢成簫，受日月光華，修煉成形，神君可喚我簫兒。」

她說話的語速聽起來極舒服，聲音清脆如泉水擊石，不愧是玉石化成的神物。

我問道：「妳是柳半夏的兵器？」

簫兒應聲道：「是，柳家上祖將我雕琢成形，因有標記，因此除了柳家人，旁人無法使用我。」

她伸手將額上瀏海撥開，便見她的眉心處，印了一個柳字，紅得似要滴血。

我饒有興趣地道：「那妳定然知道柳半夏為何會住在崖底，又發生了何事吧？」

簫兒遲疑片刻，認真問道：「神君是否真能讓主人重回過去？任何時候都可以？」

「柳半夏想去何時，都可以。」

簫兒眉目微攏，聲音帶著嘆息，「她定是想回到十年前。」

「十年前？為何？」

「因為，她要殺一個人。」

「什麼人？」

「有著血海深仇，毀她一世的人。」

也不知是否因為柳半夏身上有怨氣，連這本該潔淨無瑕的神物，話語中也帶著絲絲戾氣，刺得人心中不安。我伸手摸了摸她的前額，將仙氣渡進她眉心，那殷紅的柳字，顏色慢慢淺淡。

受了淨化的簫兒，有些晃神，不知所以地看著我，再開口時，已經沒了那股狠戾，「自古武林多奇才，筋骨奇佳者不在少數。十年前的武林，出現了兩名女神童。一個是正派為首的柳家柳半夏，一個是邪道為首的墨邪門白千裳。

「在武林上，有兩件神器，柳家玉簫和墨邪門玉笛。就算是本家的人要控制我們，也極不容易，但是她們兩人，卻在小小年紀便能完全控制我和笛的氣息，運用自如。可就是這麼兩個一正一邪的人，見面了。

「那年主人和白千裳都是十一歲的孩子。在柳家，能掌控我的，便是柳家繼承人，因此主人雖然年幼，卻早早開始學習各種家規和武林規矩。終於有一天，主人帶著我逃出去玩了。

「似乎是冥冥註定，她逃家的那日，也正是白千裳私自出來玩的時候。在客棧相遇時，白千裳吃了霸王餐，正被小二責罰，要奪走她的玉笛抵飯錢。主人看不過去，但身上也沒帶錢，便扔了小二一身的飯菜，趁他不注意，拉著白千裳跑了。」

我默默嘆了口氣，這種相遇，看似美好，實則是一切不幸的源頭吧。

「她們雖是第一次見面，卻如故交般熟悉，連我和玉笛，都感嘆這兩人定是前世姐妹。過了沒多久，白千裳的護衛曲一默追來，白千裳答應他，再玩五日便回去，可就在這五日裡，發生了改變兩人命途的大事。

「那日三人在鬧市見了一名大漢欺負民女，便上前教訓，兩人執簫拿笛，將大漢擊倒時，才知曉對方的身分。雖在長輩口中聽過多次對方的事，也被告誡若見了對方，一定要將其殺死，兩人卻沒有因此反目，還互相約定，等她們繼承了各自的門派，定要交好武林，扶持百年。

「這個約定本來很好，主人也一直堅信。只是在人多口雜的鬧市，兩人的行蹤很快便暴露了。第五日，我還記得那天下著很大的雨，主人送白千裳和曲一默到渡口，正欲離別時，柳家家主突然出現了。本來家主執意要殺白千裳，主人以死要脅，家主才無奈地作罷。

「家主回來後，召集了武林三大家和一眾正派，集合人馬欲剷除墨邪門。墨邪門也做好抵抗，看似是兩家恩怨，實則是武林埋伏已久的正邪相爭。那一戰很慘烈，墨邪門最終是被滅門了，可正派也付出了沉重代價。」

我急急問道：「那白千裳呢？」

簫兒默了片刻，說道：「有人在廢墟中找到了她的屍體。」

我失望一聲，想了想又說道：「那屍體並不是她，是別人對不對？」

如果真的是白千裳，又怎麼會有後面的事發生，又怎麼會讓柳半夏有如此大的仇恨？

簫兒點點頭：「的確，那不是白千裳，但主人不知道，一直以為是自己害死了她，心中鬱結，面上不見笑容。」

我越發焦急：「那白千裳什麼時候才出現？」

「三年後，只是先出現在主人面前的，不是她。」

「那是誰？」

簫兒看了看我，緩緩道：「曲一默。」

曲一默？我回想一下，是白千裳的護衛吧。剛才光顧著聽她們兩人的故事，倒把這男人給忘了。

此時已快天明，講了一夜的過往，簫兒也有些疲倦，「月色退去，我的靈氣漸散，到了晚上，我再跟神君說之後的故事吧。」

我瞪大了眼，還沒來得及抗議，就見她一溜煙地飄回屋裡了。喂，我可以渡仙氣給妳啊，不用這麼吊人胃口……

天剛濛濛亮，便見柳半夏從屋裡提劍走了出來，在寬廣的河岸邊練劍。

她的劍招非常狠，招招帶著疾風，沉穩有力，絕不是一、兩天能練成的。

我打著哈欠，去山上尋吃的，等回來時，她已將劍放在一旁，吹著手上那通體淡綠的玉簫。曲子柔和美妙，聽得人心中負擔減輕不少。

宿宿。

又是這名字，這世間也只有沐音會這麼叫了。

對的，沐音，之前我曾向他許諾任務結束後會留在鬼域，其實那都是一時的藉口。如今，他總不會還在等吧？

我搖了搖頭，即使是又如何？我不是他要尋的宿宿，那鬼域也不是我一個神君可去的地方。

宿宿。

聲音清冷，卻帶著一種揮之不去的淡淡音調，將這兩個字念得極為動聽。

那名叫宿宿的女子，實在是好福氣啊。世間有那麼多人記著她，卻不像我，動了一次情，卻被傷得厲害。

臉頰微涼，淚又浸濕了臉。

「重生，重生。」

熟悉的聲音從耳邊傳來，我猛地睜開眼，正蜷在一個寬實的懷中，我錯愕地直起身，不知何時已在浮雲之上，「你怎麼在這裡？」

勾魂蹙眉道：「妳中了玉簫的迷音，下次小心些。」

我惱了，「我是在問，你為什麼會在這！」見他不答，而浮雲的腦袋已經縮了進去，我終於知曉為什麼他會那麼及時地冒出來。

我冷笑道：「原來你送我浮雲，不過是為了監視我？你總不會想說，是讓它來保護我吧。」

勾魂瞳孔中盡是促狹之意，「是。」

我吼道：「別再戲弄我了！你到底看上我哪點，我改還不行嗎？」

這話他對我說過，現在我原封不動地丟還給他。他要是一直這麼在旁邊，我還怎麼去吃美男豆腐！

勾魂細想片刻，說道：「很多，比如愛賭，愛美男，愛錢，愛吃，愛玩……暫時這麼多，妳願意改嗎？」

我瞪大了眼，這傢伙專門挑我死也改不了的說，以前怎麼就沒覺得他這麼毒舌？

勾魂驀地淡笑，伸手攏著我散下的髮道：「我說過，我會慢慢補償妳，直到妳不再覺得難受。然後，我娶妳。」

我頓時怔神，感到丫丫在袖口裡滾來滾去，我才回過神，一骨碌收了浮雲，邊逃向木屋，邊把浮雲捏成團封印起來。

外面仙氣散去，我長長鬆了口氣，一回頭，便見那螢光正飄在前頭，嚇得我心尖一跳。

「神君，今日讓妳入了魔，實在抱歉。」簫兒略微皺眉道，「神君心中可是有什麼愁結？若心如明鏡，是不會為我簫聲所誘的。」

我微頓，轉了話鋒道：「那柳半夏和白千裳的事，妳還未說完。」

簫兒點頭，看了那已睡下的人兒一眼，飄到屋外，曬了月光一會，才道：「曲一默出現在柳家門外時，負傷累累，主人將他救活，並留在了柳家，沒有向任何人道明他的身分。那年主人十四年華，正是少女情竇初開時，與他處了三年，已到了談婚論嫁之時。

「此時主人已是柳家家主，不顧外頭非議，堅持要嫁給毫無家世的曲一默，而在他們成親那晚，曲一默不見了，還有柳家世代相傳的武功祕笈，也一起消失。」

我聽到這，想去猜測些什麼，又止住了。

「雖然外人都道是曲一默偷了祕笈，但是主人不信，在這時，武林中又傳來墨邪門復甦的消息，一時間人心惶惶，三大家又商量著集合正派去徹底消滅墨邪門。在主人猶豫之時，白千裳出現了。」

簫兒的呼吸聲頓時沉重起來，良久才道：「白千裳告訴主人，她已是墨邪門的門主，絕不會再做出危害武林之事，讓她不要再趕盡殺絕。主人不疑有他，白千裳留下這話，便急急離去了。

「後來，主人舌戰群雄，終是讓這件事緩了緩。但在半個月後，卻傳出三大家被墨邪門突襲，在主人震驚之時，白千裳又出現了，告訴她墨邪門要滅武林正派，讓她跟自己走。

「主人斥責她為何要騙自己時，曲一默提劍過來，要殺主人。在爭執中，主人才知道，曲一默根本是有意接近自己，而此時，白千裳已懷了他的孩子。主人又怒又悲，卻還是無法對他們痛下殺手。逃出柳家後，準備他日再集合正派，重整旗鼓。誰料行蹤被暴露，墨邪門的人一路追殺主人至絕路。」

簫兒抬頭往那晦暗不明的地方看去，緩緩道：「就是那山崖。主人不願被俘，在眾人的逼迫下，跳崖了。這崖底深不見底，又無路可下，他們或許是當主人已死，因此並不見有人下來尋屍。

「幸而山崖下有藤條樹幹，主人安然下來後，足足呆了五日才回魂。餓吃山果，渴飲河水，每日做最多的，便是練劍、習簫。主人，是想報仇的。」

簫兒話音落下，連嘆了兩聲長氣，故事已經結束，我聽得也唏噓。才十七歲，卻經歷了人生的大起大落，友情愛情的背叛，家門被滅，也難怪她身上有這麼沉重的復仇感。

我沉默半晌，說道：「妳家主人，並不是真的想殺了白千裳。」

簫兒驀地有了戾氣，似乎成了第二個柳半夏，「她想！白千裳殺了主人的父母兄長，滅了柳家，毀了主人一世！她若不想殺她，為什麼要在崖底苦練技藝？」

我淡淡笑了笑，「若想殺她，為何我會出現在這裡？因為柳半夏還是不信，不信他們真的會背叛她，她更希望自己誤會了。她的心，還不至於完全被仇恨蒙蔽。人啊，一旦堅信了什麼東西，不到最後一刻，都不願推翻自己。」

簫兒動了動唇，眼神黯淡下來，「或許是……這四年來，我越發無法與她心靈相通。」

我摸了摸她的頭，安慰道：「妳是世間無瑕之物，若妳的主人有了汙濁之心，妳揣摩不出，也不足為奇。只願妳主人能撥開心中仇恨，讓那僅存的一絲光明再出現。」

簫兒點點頭，又憂心道：「只是若只有七日，恐怕主人的心結不會解開。」

「重生與否，只有她才能決定。她若放棄，也只能說，在她心中，仇恨占的位置更多。」我往她頭上渡著仙氣，等見她恢復了螢綠色，便收回了手。

再純淨的神物，跟邪魅待得久了，也會被傳染。這或許就是世間說的，近朱者赤、近墨者黑吧。

早上醒來，剛把丫丫放河裡讓牠自己去捉魚吃，突然見牠撲搧著翅膀叫起來，嘎嘎聲鬧得我心煩，怒道：「丫丫不許吵！」

心下覺得不對勁，一股陰戾之風襲來，冷得我渾身顫抖不已。抬頭看去，天空捲來一大塊烏雲，鬼氣漫天。

不會是沐音吧？我抖了抖，不行，得先躲躲。

轉身往回看去，卻見木屋燒了起來，那柳半夏站在不遠處，看著火焰沖天，映紅了整張臉。

「神君。」

是簫兒的聲音，她並未現形，氣息微弱。

我飄身過去，答道：「我在。」

「主人她，或許要回到懸崖上了。」

我驀地明白，她的意思是柳半夏可能要去報仇了。我暗暗握拳，手心要滲出汗來，她選擇的，到底還是仇恨。

柳半夏進了山道時，遠方的鬼氣也越來越近，如果我再不躲，恐怕就要撞上了。

「嘎。」

我連忙去抱過丫丫，對簫兒道：「我先離開兩日，妳沿途留下氣息，我會追上去的。」

話落便往天穹飛去，決定先回神界躲躲。

「宿宿。」

我一驚，音在耳畔，環顧四周，卻不見人。

我試探地喚了一聲：「沐音？」

話一落，手腕已被握住，陰冷的氣息呼在耳邊：「宿宿，妳騙我，妳說過做完任務就會來找我的。是不是我不隱了鬼氣，妳就又要逃了？」

沐音那銀白的髮飄在眼前，臉色蒼白，唯有一對眼睛，冷得嚇人。只是瞬間，我便跌入這雙眼眸裡，沐川殺我時，也是這種眼神。

我忘了一點，即便沐音再依戀那宿宿，我也不是她。想到這，掌中已聚起仙氣，咒術在唇間，迅速脫離了他的掌握。

現在只有他一人，我若盡全力，他未必能攔住我。

剛想到這，便聽見耳畔傳來女聲。

「沐音，你嚇到姐姐了！」

撲鼻的花香漫天漾著，花花嬌小的身形剛現出，便罵了沐音一聲。

一旁又傳來斥責聲：「不要無禮。」

難怪這次的鬼氣會這麼陰冷，原來在遠處的是清淵，而沐音早就藏了氣息走近了。看到他也來了，我忙收起縈繞在身的仙氣，他們兩人都在，硬拚不得。

花花撇嘴道：「沐音你老是欺負姐姐，難怪她見了你要跑。」

我正色道：「花花妳真是我肚裡的蛔蟲。」

花花抗議道：「……花兒才不是蛔蟲……」

沐音的面色總算好了些，走近一點道：「跟我回鬼域吧，宿宿。」

我蹙眉道：「我還有任務。」見他死盯著我，我連忙解釋，「任務一定要完成的，如果你不信，就隨我一塊去好了。」

沐音眼眸一亮，「是在人間？我去我去！」

我鬆了口氣，做完任務，估計他也放鬆警惕了，到時再找機會逃。

沿著簫兒留下的氣息尋去，到了城內，進了綢緞鋪，又進了客棧，直跟到郊外，就沒了她的氣味。

我撓了撓頭，柳半夏這是買了新衣裳，去客棧吃飽喝足就失蹤在郊外小樹林了？這幾日沒下過雨，地面硬得很，不見半寸腳印。

我在這想著要怎麼追尋她的氣息，沐音一直在耳邊聒噪：「宿宿，我們回城裡吧，剛剛經過的那家酒樓看起來不錯，我們進去吃吃東西吧。還有我剛聽到有唱戲的，我們……」

「啊啊啊啊啊。」我捂著耳朵瞪他，「你能不能像清淵那樣安安靜靜的？」

沐音委屈地點頭，「能。」

我探手摸了摸他的頭，「乖。」

「以前妳鬧騰的時候，我兄長可沒嫌棄過妳呢。」沐音扁嘴道，「而且我比他正經多了，妳怎麼就不喜歡我？」

聽到這話，我想起沐川那殺氣駭人的臉色，莫名地抖了抖。

「宿宿，宿宿。」沐音又不依不饒了，「一提我兄長妳就失神，明明說自己失憶了，卻還是記得他。要是妳能記住我一半就好了。」

我默了片刻，說道：「我對沐川的記憶，只停留在他殺我的時候。」

沐音無奈地笑了笑，「大概是痛至心底了，所以只記得這個吧。」

我怔了怔，突然問道：「你兄長，是怎麼樣的人？」

沐音看了我一眼，置氣道：「不知道。」頓了頓又說道，「是個花心大蘿蔔，輕浮的公子哥，脾氣陰晴不定，嗜殺。」

我瞪大了眼，戳了戳他，「喂喂，不用這麼損你哥吧。」

沐音哼了一聲，「這些可都是當年妳對他說的。」

我啞然，宿宿真是個有膽識的姑娘，默默膜拜了一番。

聽到遠處持續傳來聲音，我往那邊看去，花花正拉著清淵說話，對方雖然面若冰霜，倒沒有一絲不耐煩。我頓時感嘆清淵的強大，也更加確定花花的多話。說是來找我，結果沐音在，她就被推到三丈外了。

我搖搖頭，簫兒的氣息仍未歸來，如果斷去聯繫太久，不知道會發生什麼。我念了咒術，將柳半夏的凡人之氣攏在手上，一開天眼，便見那股細小濃霧緩緩飄向前方的密林中。

虛化著身體進了裡頭，行了二十幾步，便見一道石門，上頭貼著數道黃符，雖然是凡間除妖的玩意兒，但簫兒仙氣薄弱，被阻隔了也不奇怪。

進了石門，倒豁然開朗起來，而簫兒的仙氣，也重新飄入鼻中。我忙往那邊過去，剛過了一條曲徑，便看到柳半夏。

等到了她前面，看到那張臉時，我頓時震驚得說不出話。

此時的她身著淡綠薄衫，裙角因走動而像水波般搖曳，步子輕巧有力。面上抹了胭脂，豔絕的妝容將冰冷眼眸襯得更加寒氣逼人。睫毛微微往上捲去，不帶半分嬌羞，冷豔的美，傾城的佳人。

我驚嘆片刻，心中又疑惑起來，她這個模樣是要做什麼？這裡又是什麼地方？

還未走到盡頭，竹林中便傳來一道嘹亮如洪鐘的聲響。

「何人來此？」

柳半夏頓下步子，抬手扔下一包錢袋，聲音毫無波瀾：「千通智者見財便會告知世間萬事，這個規矩似乎未曾聽聞有變過。」

林中立刻傳來朗聲大笑，「好，好，我喜歡不用多費唇舌的娃兒。姑娘要問何事？」

「白千裳人在何處？」

聲音略有意外：「白千裳？妳問一個已死之人做什麼？」

柳半夏驀地睜大眼眸，默了許久，才問道：「什麼時候？又因何而死？」

「四年前，被墨邪門門主所殺。」

話一出，柳半夏更是不解，「門主不是她嗎？」

「四年前，武林都道她是門主，實則不過是個傀儡罷了。武林正派一夜覆滅，她的利用價值沒了，留她何用？」

柳半夏沉默了許久，臉上又恢復了往日的平靜冷酷，啟齒道：「她的墳塚在何處？」

「孤城郊外，西南方三里路。」

見那柳半夏往外走，我長嘆一氣，卻不想跟上。若那白千裳是傀儡，恐怕當年的真相，並不是簫兒所想的那樣。

那柳半夏是不是也在懷疑白千裳是否真的出賣了她？

人世間的友誼，也是難辨得很。

「宿宿，妳怎麼嘆氣了？」沐音纏著我，笑道，「以前的妳，眉眼可都不見愁色。」

我淡淡一笑，那宿宿，可真是個快活的人，可惜我不是她。

一路跟著柳半夏到了孤城郊外，又是一處依山傍水的清靜地。

在一塊岩石旁，果然有墳塚，雜草叢生，碑前香火已經埋沒到土裡，只見些許慘白痕跡。

柳半夏蹲身看著石碑上的字，伸手去觸，眼眶已紅了一片。

「玉笛也在裡面。」簫兒從她腰間飄飛出魂體，在周圍喚著，「玉笛，玉笛？」

沐音看了看說道：「如果是四年前就埋在這了，恐怕仙氣已被耗盡，地下陰氣太重。」

我問道：「有辦法把弄出來嗎？」

沐音眼眸微亮，「當然有，鬼氣的事你們神仙管不了，對我來說不是難事。不過宿宿，妳得答應我一件事。」

我無奈道：「什麼？」

「做完這個任務，跟我回鬼域住一個月。」

我白了他一眼，「我去找清淵。」

「那半個月。」

「我還是去找清淵吧，他看起來可靠些。」

沐音惱了，「好好，我幫妳就是。」話說完，便入了墳塚內。

我想了片刻，現了身，說道：「柳半夏，妳雖恨白千裳，但也懷疑自己當年所見，是嗎？」

柳半夏不答，從第一天見面開始，她就不怎麼愛和我說話。細長蒼白的指尖還停在石碑上，許久才道：「你們神仙，是不是知道所有事情？」

「不是，妳的事，是簫兒跟我說的，也就是妳隨身帶著的玉簫。」

柳半夏默了默，不帶驚奇，也不再開口了。

我看她發紅的眼眶，嘆道：「妳果真沒有懷疑她。」

「有，只是不願去信。千裳於我，雖處的時間不長，但是之間情誼，卻是一世不變。」

我忍不住說道：「那妳當初為何要跳崖？還在崖底苦練技藝？」

柳半夏臉上微微有了苦意，「我信她，也總要知道事情真相。為何她會如此，是否有誰在迫害她？能威脅到她的，必定不是普通人，既然幕後的人要我死，那我便假死，至少能保住她。」

我愕然，萬萬沒有想到是這種結果。也就是說，在知道我來意時，她便已經選擇七日後重生了。現在出來，只是為了尋當年未了的結，卻不想等來了白千裳已死的結果。

此時清淵和花花並不在附近，若是她在，倒是好的，至少那微微香氣可以寧神。柳半夏看似平靜，其實只是強忍痛處。昔日摯友和情人都在土裡，她卻還活著，獨自承受著不知為何而等待的痛苦。

墳塚內忽然飄出一聲幽幽嘆息：「我果然錯怪妳了，看來到底還是主人瞭解妳。」

我抬頭看去，只見是一名與簫兒差不多大小的女童，虛化得幾近透明，倚靠在沐音身上，已無氣力站起身。

簫兒迎上前去，輕輕抱了抱她，「笛。」

「簫。」

見柳半夏有驚異之色，看來那玉笛也在她面前化了形。

玉笛看了看她，說道：「主人當年為妳所做的一切，我一直覺得實在很傻，直到現在我方才明白，傻的，其實是我。」

柳半夏沒有開口，此時的她，想必不知該說什麼，又要從何問起。

玉笛氣息虛弱，停了許久才道：「當年主人被門人救走，免遭滅門之難，卻不想被聖子利用，將她扶植成傀儡門主。當年曲一默潛入柳家，偷走祕笈，是聖子吩咐的。滅柳家，殺三大家，攪得武林天翻地覆的並不是主人，是聖子藉著主人的名義，找人替罪罷了。」

柳半夏閉上了眼，良久說道：「那日正派要去滅墨邪門，來找我的，並不是千裳吧。」

她無比寂涼地笑了笑，「可笑的我，連兒時玩伴都認不出來，中了那人的圈套。」

簫兒急急道：「主人，這不能怪妳。那年分開後，妳和白千裳也有六年未見了。」

柳半夏沒有點頭，也沒有搖頭。

「笛兒想告訴妳，主人從未背叛過妳！」玉笛驀地激動起來，「聖子用毒藥控制了主人，強占了她，致她有了身孕。可這些，她都自己忍受下來，她說如果找妳解釋，只會害了妳！那天她逼妳跳下崖邊，是因為必須讓聖子認為妳死了，才有逃生的機會。只是她沒想到，事先安排在崖下接應妳的曲大人，卻是先一步被聖子殺了。」

柳半夏未睜眼，兩行淚卻已落下。

玉笛的聲音越來越弱，連簫兒都勸道：「笛，妳別說了，等到了月亮出來之時，吸取了天地靈氣再說。」

「不可以的，簫。」玉笛笑了笑，「主人已死，我已了無牽掛了。這種心情，妳最能理解吧。」

簫兒默然，嘆息一聲。

玉笛緩了氣，又繼續說道：「主人以為妳死了，守護一旁的曲大人也死了，準備殺了聖子再死。可是還沒等她動手，聖子就先折斷了我，殺了她。主人腹中的孩兒，也一併死去了。」

我罵了聲禽獸，難怪玉笛一直靠在沐音身上，原來她早已沒了雙腿。

玉笛的身形漸弱，笑了笑道：「如今告訴妳真相，我也可以去見主人了。可惜我死後不能入輪迴道，否則見了主人，我定會告訴她，妳一直信著她。即便沒有任何解釋，也有著心靈相通的信任。」

簫兒詫異道：「為何妳不能入輪迴道？」

玉笛笑了笑，「因為我不能白白看著主人曝屍荒野啊。」

簫兒又驚又怒，「妳附了凡人的身體，幫她料理後事？妳……」

怒喝的話到了嘴邊，已變成哽咽，看著她已快消失的身體，簫兒哭出聲來：「笛……」

尾音殘留，玉笛已消失不見。

仙物附著凡人軀體，逆了天命，別說是她是還未完全成仙的神物，就連我這樣的真神，也不能擅自附身。若做了一次，便不能復生了。

簫兒手足無措地哭求著沐音，「你救救她好不好？求你們救救她。」

沐音搖搖頭，「不是我不願救，而是她不願活。即便是強行讓她活著，也不過是行屍走肉。妳們同為玉器神物，最該明白主僕連心。」

我稍感意外地看著沐音，一直覺得他不甚懂事，但現在看來，只是我對他瞭解得太少罷了。

柳半夏久閉的雙眼終於睜開，抬手抹去眼中還浸著的滿滿清淚，離開了這裡。

我先將幾近崩潰的簫兒送回本體安養，再問柳半夏：「妳要去何處？」

「重生。」

我蹙著眉，緊跟上她。

沐音寸步不離，卻沒像剛才那樣吵鬧我。

人還未進城，就見花花從城牆上飄了下來，一把抱住我，「姐姐，你們總算回來了。剛才人太多，我們被擠走了。妳看，我買了好多東西……」

花花像隻嘰嘰喳喳的喜鵲在耳邊鬧騰，我求救地看向清淵，被他一臉寒霜地無視了。我只好轉向沐音，「讓清淵帶花花去玩吧。」

沐音憋著笑，眼神示意了下他，便見清淵開口說道：「城西更熱鬧。」

花花圓眸更亮了，點頭道：「姐姐也去嗎？」

「我還有任務，你們去吧。」

「那花兒先去，姐姐做完任務也快點來。」

我笑著點頭，看著他們越行越遠，歡喜之餘又有些擔憂。像花花那樣天真無邪的人，清淵一直這麼護著她還好，如果哪天膩了，恐怕花花會受到莫大的傷害吧。

我搖搖頭，真是越來越悲觀了，興許是被留職停薪折騰出後遺症來了。

離任務結束時間還有三天多，柳半夏仍如往常般不苟言笑，只是眉目間多了幾分淡然。

接連兩天的隨行，除了去茶肆酒樓，便是去看戲聽曲，哪裡人多，便往哪裡去，讓人猜不出她到底要做什麼。而最後一天，又見她進了綢緞店，再出來時，已經光彩奪人，妝容美豔得讓人不能直視。

紅裙薄紗，腕上扣鈴，腳上金蓮一動，鈴音相伴，如神女臨世。一對美眸水光瀲灩，全然沒了那股寒意，顧盼流連，簡直讓人認不出這是柳半夏。

我驚嘆著，不知她這麼打扮是做什麼。

馬車一路行到城內的醉仙樓，此時已是傍晚，青樓客人多如流水。柳半夏從車上款款下來，雖是蒙著面紗，但姣好的身段仍是引得眾人相看。

尋了老鴇，說了來意，便見老鴇褶皺的臉上蕩了蕩，點頭應允，「好好，每月初一本是我醉仙樓花魁獻舞之時，姑娘若有意賣身於醉仙樓，今夜妳便去吧。若讓哪位王孫富人看上，好處自然是少不了妳的。」

柳半夏欠了欠身，不卑不亢，也不會顯得難以親近。

夜幕已至，鶯歌燕舞不絕於耳，門外賓客更多了。

見沐音進了房內，我忙攔住他，「女人的房間，你進來幹嘛？」

沐音不答，伸手在我手腕上繫了一抹紅光，抬眼道：「不許逃。」

我好氣又好笑地看他，「我像那種不講信用的人嗎？」

沐音默了片刻，點頭道：「像。」

我被他堵得語塞，本來是想任務結束就逃走，但被他這麼一說，我倒覺得心裡悶得慌。

等我從屋內出來，才知道為什麼沐音會突然警惕起來，因為我看到了江湖。見到他，我忙轉身道：「沐音，你陪著柳半夏，我去去就回來。」

「宿宿……」

「乖，不乖不給你糖吃。」

沐音雖然一臉不願，但還是點了點頭。

江湖平日都是一副吊兒郎當的模樣，如今一臉肅色，果真有種身在江湖的感覺。

我正暗嘆這樣的他更有男兒氣概，但江湖君一看見我，臉上肅色全無，咧嘴喊道：「重生！」

……好吧，剛才都是我的錯覺。

我飄了過去，看了看他旁邊坐著的人，銀色面具，除了一對黑眸和薄唇，看不見臉，只是從露出的手背來看，年紀不大。這裡是醉仙樓最上乘的位置，與那獻舞的臺子正好對面，角度絕佳，想必不是普通人。

我努了努下巴，「他是誰？」

江湖笑了笑道：「墨邪門的門主。」

我心頭咯噔一下，多看了他幾眼，又想到柳半夏。

要在江湖上打聽小道消息又不會被人懷疑，那茶棚酒肆就是最好的地方。難道是柳半夏知道他會來醉仙樓，所以才來獻舞，然後找機會殺他嗎？

她既然都決定要重生了，何必要做這種事……

鼓聲傳入耳內，樓下賓客已喝彩起來，我從樓上往臺上看去，如天女般的柳半夏赤足舞在臺上，紅衣飄飛，行雲水墨般輕盈靈動，雙足點下，又輕盈離開。

美目和片刻停留的動作都有意無意向著這邊，赤裸裸地引誘著門主。

眾賓客看得痴迷，叫好聲不斷，我卻看得越發緊張。雖然她的武功不低，但能控制住白千裳的人，又怎麼會被輕易刺殺？

一曲舞畢，雖不見柳半夏有所動作，但她的確引起了門主的注意。只見他微微偏頭，對旁人說了一聲，那人當即往樓下跑去，對老鴇附耳幾句，便回來了。

江湖說道：「是柳半夏嗎？」

「嗯。」我心頭一頓，看向他，「你在這裡，武林是不是有大事要發生了？」

江湖笑了笑，「江湖何處不染血？」

「快去洗把臉。」

「……重生妳太不可愛了，不要曲解我的意思。」

我嘿嘿笑著，那男子已進了房內。片刻後，柳半夏也站在房門前。

我忙拉住她，正色道：「如果妳在今晚子時前死了，我也沒辦法幫妳重生，小心一點。」

柳半夏偏轉過頭，點頭道：「謝謝。」

聲音如冰，卻多了一絲人情味。

「宿宿。」沐音撲了過來，聲調如三年未見，「妳去哪了？剛柳半夏跳舞妳看到沒有，以後妳也跳給我看好不好？」

我還沒來得及解釋，江湖的臉色已經變了，「鬼域的人……」

沐音這才發現有旁人，驀地抬頭，一把將我扯到背後，陰狠地盯著他：「仙人？你是來搶宿宿的嗎？」他冷聲道，「即便再來十人，也搶不走她。」

我忙說道：「沐音，別誤會，只是在這裡做任務的神君。」我又對江湖道，「沐音不是壞人。」

江湖狐疑地看了看他，才將仙氣收起。

倏地，房內傳來一聲兵器相撞的聲響，我和江湖同時鑽進房內，只見柳半夏手持短匕，與赤手的墨邪門門主相拚，招招狠毒，卻被靈活閃開。

手中利刃擲出，柳半夏退到衣櫃旁，從腰上取出玉簫，奏了曲子。

簫聲悠揚，聽起來就像是正常的曲調，忽然聲色斗轉星移，化作銀色刀鋒，刺向那男子。

雖看不見他的臉，但是那眼眸中的神色，卻沒有變化，鎮定淡然，又透著陰戾，雙掌聚力，捲起一陣急轉狂風，將刀鋒化去。

柳半夏微驚，玉簫未收，胸前已挨了一掌。

一戰過後，柳半夏不再掙扎，握著玉簫，一雙美目映著男子的身影，說道：「曲一默，你出手果然狠毒。」

我一愣，男子也一愣，接著抬手取下銀色面具，露出一張過於冰冷的臉。

「妳何時發現是我的？」

柳半夏抹去唇角的血，說道：「玉簫自小就陪伴我，它的厲害之處，我最清楚。但自你來了之後，它就越發沒了靈氣，是你動的手腳吧？直到那天玉笛告訴我，千裳並未找我求武林正派征討墨邪門，我才確定，當日讓人假冒千裳來找我的，是你。因為除了你，沒人知道我和她之間的情誼。可惜千裳錯信了你，至死她都不知道害她的人，是你。」

曲一默略有疑惑，「玉笛告知妳？果真是神物嗎？」驀地他又笑了，「我將玉簫浸泡在血水中，損壞它的靈氣，又以同樣方法傷了玉笛。兩件神器皆毀，以妳們的武功，根本不足為懼。」他攏著眉頭道，「既然妳知道玉簫已毀，為什麼還要來？」

柳半夏緩緩起身，眼裡又是往日的淡泊，「如果要回到過去，至少要知道有哪些人在作祟。害我們如此的人是你，我自會想法子除去你。我知我的出行會與千裳相見，會成為害她滅門的導火線，我不再出柳家便是。我將武林這十年所發生的大事一一謹記，這個武林，由我來守護。」

最後一句話說完，江湖也在旁邊嘆道：「奇女子。」

我默然。確認了曾愛過的男子就是害她的人，對她來說，恐怕只是個負擔。現在知道這些真相，無法忘記，重生後，她也會痛苦一世吧。

可為了徹底改變武林，改變她和白千裳的命途，她必須這麼做。

我終於知道她這幾日所打探的事，不僅是為了驗證心中疑惑，更是為了重生做打算。

雖然痛苦，卻是避免再走上這條路的最佳辦法。

曲一默眼中閃過狠毒之態，掌中聚起內力，「妳已經瘋魔了。」

柳半夏不語，望向窗外，一輪明月高掛空中，顯得皎潔無暇。她淡然笑了笑，呢喃道：「那年我們三人，在屋頂上立下誓言，不棄不離，你卻親手將我和千裳葬送。所以，我回去後，你也別怪我心狠。」

子時已到，曲一默一掌擊出，我一揮衣袖，將柳半夏送進光圈中。

看著滿目幻境，我長長鬆了口氣，額上微涼，探手去摸，竟滲出了細汗。再看柳半夏，仍是平靜安寧的模樣。我心裡默默吐著血，徹底明白了什麼叫皇帝不急急死太監。

「柳半夏，妳要回到何時？」

「從頭開始吧，剛出世時。」

我點點頭，又問道：「妳不會後悔嗎？妳現世和往生所承受的苦，還會記在心中，耗費心血替白千裳做的，她也未必會知道。」

柳半夏淺淡一笑，「千裳願為我毀了一生，我也願為她毀了這一世。」她驀地又笑了笑，「況且，若真能改變千裳的命途，我並不難過。」

我嘆了一氣，忍不住伸手輕抱她，囑咐般道：「要幸福。」

手心一翻，將她送了回去。

我沒有跟她去，若是見了她結局仍不好，我恐怕會難過許久，只是像她這樣堅韌的女子，一定會改變自己的命途。

「宿宿。」沐音握住我的手，說道，「別難過。」

我默默看著他，點了點頭。

第七章　別千年，再重逢！

看著那消失的光圈，我回過神來，才發現沐音一手握著我的右手，一手攬在我腰上，而我就偎在他身上。

我扯了扯嘴角，抽身出來，說道：「我得回去覆命了。」

「不許！」沐音驀地放聲，「妳又逃！」

我吼道：「不許就不許，這麼大聲做什麼！我要耳聾了！」

沐音瞪大了眼，一臉無辜地看著我。

我乾咳兩聲，擠出笑意，「乖，任務一定要交，但我答應你，三天內會去找你，好不好？」

他狐疑了許久，才收回視線，點頭道：「嗯，妳腕上的紅線我不收走，不然妳隱了氣息，我又找不到妳了。」

我感慨道，果然不能騙人，在他眼裡，我真是一點信用也沒有了。

我點點頭，「記得和花花說一聲，我先回去了。」

「嗯，我等妳，宿宿。」

看著他俊美又乖巧的模樣，我笑了笑，下意識想探手去摸他的頭，然後又發現不墊腳就摸不著。

沐音笑開了，「妳當我還是千年前那個小孩子呢。」

我頓了頓，心頭掠過奇怪的感覺，剎那間有種我就是宿宿的感覺。

我搖搖頭，要是上神知道我和鬼王有什麼宿緣，他又怎麼會留我在神界？想多了，想多了。

回到天上，交了任務，就見江湖也剛好回來，我忙上前道：「你怎麼也回來了？難道柳半夏回去後，武林真的平靜了嗎？」

江湖的任務有連帶性，若是我送人回去了，武林不安靜，他也會回去。現在他歸來，是不是代表柳半夏成功了？

江湖點點頭道：「她在江湖上有個美譽，女諸葛。化解了許多武林恩怨，在她的七十年命途中，武林一派祥和，沒有太多爭鬥。」

「白千裳呢？曲一默呢？」

「柳半夏在十歲時，買通了殺手，把曲一默做掉了。白千裳十四歲繼承了墨邪門門主之位，與柳半夏定下契約，用了懷柔政策，收斂了門人的暴行。雖然算不上正道，但也沒有入了歧途，一世安好。」

我感慨了一番，「柳半夏和白千裳在那一世，見過幾次面？」

江湖思索片刻，微皺眉頭：「三次，定契約時，白千裳成親時，柳半夏去世前。」

「柳半夏沒有成親嗎？」

江湖搖搖頭：「那樣卓然的女子，武林中，又有誰配得起，又有誰敢娶？不過柳半夏的話，恐怕即便有人要娶她，她也不會嫁。看似美好，實則心中已是千瘡百孔了吧，畢竟經歷了那麼多。」

我了然，和他一塊走著，路上見了其他神君，一一打了招呼，等看到真女時，我頓了片刻，平靜地從她身邊走過。

上次當著她的面和勾魂相吻，想氣她，想報心裡不痛快了一千年的仇，但後來想想，何必為了她而將自己拖入那種累人的心境中。

如果她真的能把勾魂搶走，那就說明他並非非我不可。

況且自上次和勾魂鬧翻後，我也看透了許多，或許他當初真有苦衷，但是給我留下的傷口，卻依然存在。

我到底還是沒搬家。

一是覺得躲得了和尚躲不了廟，二是覺得仙途漫漫，以後遇到的事或許比這更難以承受，就當是修行吧。

交了任務，回家打掃乾淨，想到和沐音的約定，去任務君那告了年假，帶著丫丫就往通天路口去了。

往年我都是在春光三月時休息，那時的神界最美，現在神界正是七月天，火辣的太陽刺在傘上，仍覺得穿透到了身上。

「造孽啊。」

我嗚咽著，因不想被勾魂追蹤到我的氣息，便沒有帶浮雲出來。不想依賴慣了浮雲，才行了十幾步，便覺得疲憊。

此時正是正午，神界往鬼域有段距離，我撐著傘一步步走到往生門，掩了仙氣往裡面走。剎那從盛夏跌入寒冬，冷得我一陣哆嗦，幾月不來，鬼氣還是這麼陰冷。

到了清淵府外，不見花花，也不見他，莫非我要去王宮找沐音？

雖然我和他有私交，但是如果讓兩界的人知曉，終究不好。

我收起傘，坐在石階上等著清淵和花花回來。

丫丫從我袖口一滾，在地上翻了兩圈，起身嘎嘎叫著，那圓滾滾的小眼，越發精亮起來。我看著歡喜，一把將牠撈進懷中，替牠拂去塵土，「ㄚㄚ呀，你果然比較適合待在鬼域，那下次我回去時，就別跟著我啦。」

「嘎嘎！」

「好好，我知道啦。」

我笑了笑，撫著牠的背。跟牠相處久了，大略知道牠的習性，一聲是開心同意，兩聲是抗議不滿，三聲以上，就是亂叫加興奮了。

本以為清淵他們很快就回來，不料等了許久，仍不見人影。我百無聊賴地逗著ㄚㄚ玩，見牠睡了過去，便收回袖子裡，更加無聊了。

「一陣風、兩陣風……三百七十二陣風……一隻鬼、兩隻鬼……九百九十九隻鬼……啊！瘋了！」

我站起身，準備殺進王宮，毆打沐音一頓！

正當我撢完衣服上的灰塵要出發時，就看到清淵了。

冷面俊美，卻是寒意逼人。我哆嗦了下，本想衝上去劈頭蓋臉地罵一頓，卻被他的眼神硬生生逼得話死腹中。

「沐音呢？」

「在王宮。」清淵沉聲道，「小聲些。」

我眨了眨眼，這才注意到花花正雙手環著他脖頸，倚在他背上熟睡著，酣睡的模樣甚是可愛。

我抿嘴笑了笑，壓低聲音道：「喂，你要是喜歡我家花花，幹嘛不娶她？」

清淵看了我一眼，說道：「太小。」

「嘿嘿，太小吃起來沒肉是吧？」

玩笑話一出口，又見無數眼刀刺來……

等他將花花送回房裡，囑咐下人在門外守著，便對我道：「我帶妳去王宮。」

我猶豫了一下，「讓其他貴族看到，恐怕不好吧？我身上的仙氣可隱藏不了多久。」

「無妨。」

既然鬼域的大祭司都說沒事了，我還擔心做什麼，便跟在他後頭去了。

鬼域王宮比起神界有過之無不及，只是不像神界那樣金碧輝煌，裝飾物都是猙獰的獸類。瓦礫稍顯晦暗，瓷磚也偏暗色，遠遠看去，幽遊鬼氣，好一個鬼地方。

越是靠近王宮，就越是冷，看著原本紅潤的指甲漸漸變紫，我就想待會見到沐音，一定要抱抱他取暖。

王宮外面有守衛，一路進了裡面，也能見到巡邏的將官。

原來這鬼域，與人間皇宮，與神界大殿，並無區別，一樣地護衛環繞，一樣地悶。

要是沐音留我在這住上數月，我一定會瘋的。

清淵再悶也是他一個人悶，王宮裡沐音再開心，也只有他一人開心。權衡之下，我更願意待在清淵府上。

清淵帶我走了半個時辰，我問道：「待會你可別把我一個人丟在這裡，我不認得路了。」末了又不放心道，「沐音是在宮裡吧？不會又讓我等很久吧，能先給我弄點吃的嗎？好餓。」

無論我說多少話，清淵都不回答，簡直把我當成了空氣。我又同情起花花來，這樣跟木頭說話有什麼區別？

等前面沒了腳步聲，我抬起頭，咦，清淵呢？

「清淵？清淵大祭司？」

我喊他，卻沒有回應，只好自己摸索著往前走去。

我打量著這座小院，與剛才走過的大院不同，這裡靜得連落葉聲風聲都一清二楚，又是個鬼地方啊。

正當我尋路之際，淡淡的梨花香氣飄入鼻中，沁人心脾，原本因急尋前人的雜亂心情，也逐漸平靜。

我一路嗅著梨花香，往香氣源頭走去，興許能找到個花匠，問個路。

拐過迂迴曲折的廊道，不見前面有路，以為到了盡頭，可就在離牆三步之遙，左手一側，還有一條小徑。

踏著青石板鋪就而成的路往前走，剛穿過一道石門，滿目梨花撲面迎來，白茫一片，浸滿了眼眸。

這裡的梨花之多，一眼不能望盡，就連當初劍塵、白玉的梨園，也未能讓我如此震撼。

梨花不但多，而且被修剪得極好，可見主人費了很多心思。

走進這陣梨花雨中，卻還是找不到人問路。我皺眉往前走著，前面似乎有人，卻又看得不真切，等再走近了些，才發現果真有人。

那人玉椅白袍，若不是看到未紮微飄的黑色長髮，他簡直要融進這皚皚梨花林中了。

我輕步走到他近處，等看到他的臉時，心頭猛地咯噔一下。

這人，長得未免太好看了。

男子劍眉飛斜入鬢，雖是閉著眼，但從狹長的眼角來看，微顯邪氣。鼻梁俊挺，雙唇淡薄，面上帶著一抹病色，卻將他俊美的五官襯得更甚。

我撓了撓頭，想著該不該上前問路，耳邊忽聞泉水般的清冽之聲。

「誰？」

——《重生君的忙碌日常01》完

四、注意事項：

★ 投稿者之作品須有完整版權，繁簡體實體書出版權及電子書版權。
★ 請勿一稿多投。
★ 投稿作品如有涉及抄襲、剽竊等情事・無條件立即終止合約並針對出版社損害於予追究。

【輕小說畫者募集中】

三日月書版徵求各種不同風格的畫者，請踴躍提供參考作品及聯絡方式，審核通過後我們將與立即與您聯絡。

一、投稿插圖檔案格式：

★ 投稿格式。
1. jpg檔案，解析度72dpi，圖片大小像素800X600。（請勿過大或者太小）
2. 來稿附件請至少具備五張彩稿及三張黑白稿或Q版圖片
3. 請投電子稿件，不收手繪原稿。
4. 請在電子郵件中以「附加檔案」的方式將作品寄送過來，切勿使用網址連結。
5. 投稿作品請使用不同構圖之作品，黑白部分請勿僅以同樣彩色構圖轉灰階投稿，來稿請以近期作品為佳，整體構圖需有完整背景與主題人物。

二、投稿信箱： mikazuki@gobooks.com.tw

★ 電子郵件標題：「繪圖投稿：(筆名)」。
★ 真實姓名、聯絡信箱、電話及畫者的個人基本資料，若無完整資料，恕不受理。
★ 收到投稿後，編輯會回覆一封小短信告知，如3天內未收到編輯的回覆，請再進行確認唷。

你喜歡輕小說，光看不過癮還想投筆振書嗎？
你自認是有才又多產的寫作高手，卻一年又一年錯過多到讓人眼花的新人大賞資訊，
找不到發揮的空間跟管道嗎?
沒關係，不用再搥胸頓足、含淚咬手巾地等到下一年

三日月書版輕小說，常態性徵稿活動即日開始囉！

【輕小說稿件募集中】

一、徵稿內容：

★ 以中文撰寫，符合輕小說定義之原創長篇輕小說。

★ 撰稿：題材與背景設定不拘，以冒險、奇幻、幻想、浪漫青春、懸疑推理等風格為主，文風以「輕鬆、有趣、創意」，避免過度「沉重、血腥、暴力、情色及悲劇走向」的描寫。主角請勿含BL相關設定，配角為耽美BL設定請視劇情需要盡量輕描淡寫帶過。

★ 字數限制：每單冊7萬字～7萬五千字(計算方式以Word工具統計字數為主，含標點符號不含空白為準。)
稿件已完成之長篇作品，請投稿至少前三冊，並附上800字左右劇情大綱及人物設定，以供參考。
未完成創作中稿件，投稿字數最少為14萬字，並附800字劇情大綱及人物簡介。

★ 投稿格式：僅收電子稿，不收列印之實體稿件。

★ 一律使用.doc(WORD格式)附加檔案方式以E-mail投遞。且不接受.txt、.rtf等格式稿件，與直接貼於信件內的投稿作品。請將檔案整理為一個word檔投稿，勿將章節分成數個檔案投稿。

二、來稿請附：

★ 真實姓名、聯絡信箱、電話及作者的個人基本資料、個人簡介、800字故事大綱、人物設定，以上皆請提供word檔，若無完整資料，恕不受理。

三、投稿信箱：**mikazuki@gobooks.com.tw**

★ 標題請注明投稿三日月書版輕小說、書名、作者名或作者筆名。

★ 收到投稿後，編輯會回覆一封小短信告知，如3天內未收到編輯的回覆，請再進行確認喲。

★ **審稿期為30個工作天**，若通過審稿，編輯部將以email回覆並洽談合作事宜。

高寶書版集團
gobooks.com.tw

輕世代 FW140
重生君的忙碌日常01

作　　者　一枚銅錢
繪　　者　麻先みち
編　　輯　林思妤
校　　對　林紓平
美術編輯　林家維
排　　版　彭立瑋
責任企劃　林佩蓉

發 行 人　朱凱蕾
出　　版　英屬維京群島商高寶國際有限公司臺灣分公司
　　　　　Global Group Holdings, Ltd.
地　　址　臺北市內湖區洲子街88號3樓
網　　址　gobooks.com.tw
電　　話　(02) 27992788
電　　郵　readers@gobooks.com.tw（讀者服務部）
　　　　　pr@gobooks.com.tw（公關諮詢部）
傳　　真　出版部　(02) 27990909　行銷部 (02) 27993088
郵政劃撥　19394552
戶　　名　英屬維京群島商高寶國際有限公司臺灣分公司
發　　行　希代多媒體書版股份有限公司/Printed in Taiwan
初版日期　2015年5月

國家圖書館出版品預行編目(CIP)資料

重生君的忙碌日常 / 一枚銅錢著.-- 初版. -- 臺北市：高寶國際, 2015.05-
冊；　公分. --

ISBN 978-986-361-143-1(第1冊：平裝)

857.7　　104004353

原著書名：《重生你妹啊》，由北京晉江原創網路科技有限公司授權出版。

三日月書版

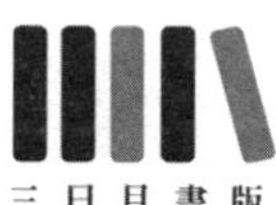
三日月書版

GOBOOKS
& SITAK
GROUP©